우아하게,
고독하게,
행복하게

우아하게, 고독하게, 행복하게

초 판 1쇄 2023년 08월 22일

지은이 한은정
펴낸이 류종렬

펴낸곳 미다스북스
본부장 임종익
편집장 이다경
책임진행 김가영, 신은서, 박유진, 윤가희, 정보미

등록 2001년 3월 21일 제2001-000040호
주소 서울시 마포구 양화로 133 서교타워 711호
전화 02) 322-7802~3
팩스 02) 6007-1845
블로그 http://blog.naver.com/midasbooks
전자주소 midasbooks@hanmail.net
페이스북 https://www.facebook.com/midasbooks425
인스타그램 https://www.instagram/midasbooks

ISBN 979-11-6910-314-5 03810

값 17,000원

미다스북스는 다음세대에게 필요한 지혜와 교양을 생각합니다.

우아하게, 고독하게, 행복하게

날라리 심리치료사의
인생 감옥 탈출기

한은정 지음

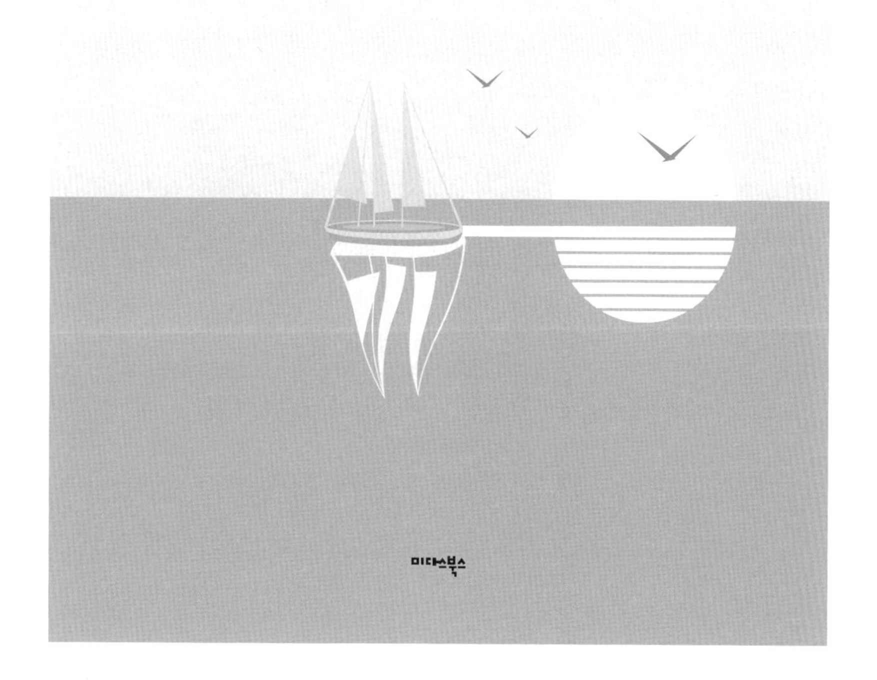

프롤로그

새로운 인생 2막을 시작하며

저는 삶을 여행하고 마음을 여행하는 사람입니다. 인생 여행을 마친 후 묘비명에 이렇게 적고 싶습니다.

"재밌게 잘 놀다 갑니다."

그러기 위해선 '가야만 하는 길'이 아닌 '가고 싶은 길'로 우회해야 했습니다.

이제 막 우회로에 진입했습니다.

그동안 다른 사람들이 나를 어떻게 생각할지 신경 쓰느라 많은 시간을 허비하며 살았습니다. 인정을 얻으려 발버둥 쳤고 쓸모없는 자존심을 내세우기도 했습니다. 가식과 허위의 껍데기 안을 들여다보니 남들이 원하는 대로 최선을 다해 전력 질주하는 어린아이가 보였습니다. 내 안의 그 아이가 참 불쌍했습니다. 안아주고 위로해주고 싶었습니다.

그 아이에게 말했습니다. '사랑받을 만한 사람이라는 것을 남들에게 증명하기 위해 더 이상 노력할 필요 없어. 왜냐하면 넌 이미 사랑받을 만한 가치를 지녔으니까. 더 이상 그것을 구하려 애쓰지 말자.'

인생 1막의 깜깜한 암전이 지나고 호기심과 설렘 가득한 흥미로운 2막이 시작되었습니다.

새롭게 시작된 2막의 주인공은 바로 '나 자신'이고, 인생 무대의 탑 조명은 나를 비추고 있습니다. 더 이상 누군가의 기대에 부응하기 위해 존재하지 않을 것입니다.

치유의 현장에서 만나는 이들의 고통은 나의 고통과 맞닿아 있었습니다. 충분히 사랑받을 만한 가치를 지녔음에도 인정과 사랑을 구하기 위해 필요 이상 애쓰며 살아가고 있었습니다.

누구나 사랑받을 만한 가치를 지녔음에도 사랑받지 못한 것에 대한 슬픔과 분노는 우리 내면 저 밑바닥의 심연에 자리 잡고 있는 보편적 기제인지도 모르겠습니다. 우리 안에 존재하는 성숙한 어른을 찾아 내 안의 꼬맹이를 꼭 껴안아 주었으면 합니다.

새로운 우회로에서 인생 무대 2막을 시작하며 나와 비슷한 이들이 있다면 함께 떠나고 싶었습니다. 남이 써준 인생 대본을 과감히 찢어버리고 내가 원하는 인생대본을 다시 쓰고 싶은 이들에게 이 책이 아주 조금이나마 도움이 되었으면 합니다. 지나온 여정을 돌아보고 진짜 내가 원하는 삶에 대해 진지하게 고민하는 시간이 되었으면 합니다.

최근 몇 년간 지식 중독자로 살았습니다. 지식들을 긁어모으며 학문에 대한 집착적 열망에 사로잡혀 있던 중 회의감이 찾아왔습니다. 지식을 구겨 넣으면 넣을수록 더 모르겠는 허탈감이 찾아왔습니다. 긁어모은 남의 지식으로 뭔가를 안다고 착각했던 무지함도 깨닫게 되었습니다. 목표를 향한 질주를 멈추었습니다. 그리고 생각했습니다. 목표는 내 삶의 어떤 의미인가? 그 의미가 주는 가치는 또 무엇인가? 진정한 앎이란 무엇인가? 그런 것이 있기는 한 것인가? 그리고 앞으로 어떻게 살 것인가? 그 대답을 찾기 위해 광활한 사유의 바다를 헤엄치기 시작했습니다. 목적지 없이 떠돌며 새로운 나를 잉태 중입니다.

사유의 바다에서 인정하고 싶지 않았던 내 안의 '꼬락서니'들이 보이기 시작했습니다. 수면 위로 건져 올렸습니다. 그것은 꽤나 용기가 필요한 작업이었습니다. 그것의 드러냄은 누군가로부터 해석당하는 것에 대한 두려움을 내려놓아야 했습니다.

저의 첫 책은 그렇게 기꺼이 용기를 낸 나 자신에게 헌사하고 싶습니다.

용기

존재는 두려움보다 크다

변화

나만의 멋으로!

일탈

은밀하게 쾌락하기

수용

비극이 더 재밌어

치유

삶을 좀 더 맛나게 음미하기

사유

홀로 외딴길 즐겨찾기

존재는 두려움보다 크다

용기

정신줄

얼마 전 집으로 오는 길. 젊은 여자가 헝클어진 머리를 늘어뜨린 채 고개를 숙이고 있었다. 한눈에 봐도 술에 취해 있었다. 지나가던 청년 두 명이 조소 담긴 목소리로 "정신줄 놨구먼."이라고 한다. 순간 나는 속으로 말했다. '뭐 어때. 피해주는 것도 아닌데. 뭔가 그럴 만한 사정이 있겠지.'

그 후 '정신줄'이라는 말이 뇌리에 떠나지 않았다. 국어사전에 '정신줄'은 자유롭고 통쾌한 정신 상태를 일컫는 말이라고 한다. 근데 왜 사람들은 정신줄을 놓으면 안 된다고 말하는 것일까? 정신줄을 놓지 말라는 건 정신 바짝 차리라는 말로 보통 해석된다. 무한 경쟁 시대에 뒤처지지 않기 위해 정신 바짝 차려야 하고, 남들 사는 만큼만이라도 살려면 정신 바짝 차려야 한다. 정신 차리지 않으면 얼떨결에 받았던 전화 한 통화로 수백만 원이 털릴지도 모른다. 누가 강요하지도 않았는데도 책임과 의무라는 족쇄로 정신 바짝 차려야 한다.

정신줄을 단단히 쥐어 매고 우리 스스로를 그렇게 억압한다. 정신줄을 놓으면 참 자유로울 텐데 말이다.

가끔 정신줄을 놓고 싶어 호기롭게 소주 두 병을 사들고 집으로 온다. 근데 집에서조차 정신줄을 놓지 못하는 나를 발견했다. 모름지기 여자의 목소리는 담장 밖을 새어나가면 안 되고 매무새가 흐트러지면 안 되는 법이라고 할아버지가 그러셨다. 친한 친구들과의 술자리에서도 흐트러지지 않으려고 정신줄을 단단히 붙잡는다. 중요한 약속이라도 있는 날이면 시간으로 정신줄을 압박한다. 태어나고 자라며 나도 모르게 스며든 것들에 저항해보려 하지만 생각처럼 잘되지 않는다. 누군가가 강조했던 가치는 그렇게 나의 일부가 되었다. '억압'인 줄도 모르고 그것은 절제의 미덕으로 포장되어 있었다. 절제의 미덕은 우리의 정신줄을 움켜쥐고 조여 온다.

어릴 적 부모의 기대에 부응하기 위해, 주변 어른들의 칭찬에 부응하기 위해 내가 원하는 것을 억압해야 했다. 우리는 내 의지와는 상관없이 세상에 나와 관심받고 인정받기 위해 사투를 벌인다. 내 삶이지만 남이 써 준 대본대로 남이 원하는 삶을 살아간다. 부모를 통해, 타인을 통해 바라본 나는 언제나 부족하고 아무리 애를 써도 기대에 못 미친다. 내 존재 가치는 길바닥에 널브러진 돌멩이와 같다. 있는 그대로의 나를 수용해주고, 있는 그대로의 나를 그저 바라봐주는 사람이 없었다. 기대에 충족해야 인정받고 보상받고 칭찬을 받았다. 거기에 진짜 나는 없었다. 자크 라캉이 한 말 중에 유명한 말이 있다. 인간은 타인이 욕망하는 것을 욕망한다는 것이다. 나의 마음에서 우러나오는 것이 아닌 타인이 좋아하고 추구하는 것을 따르며 그것은 마치 내가 원해서 그런 것처럼 착각하며 살아가기도 한다.

동굴 안에서 부모를 통해 세상 밖을 보았고 부모가 가리키는 곳에 시선은 고정되어 있었다. 동굴 안 환경이 전부였고 그것들을 의심 없이 맹목적으로 믿고 따랐다. 세월이 흘러 동굴 밖을 보게 되었다. 혼란스러웠다. 바깥 세상은 동굴 안과 너무도 달랐다. 바깥 세상으로 나가고 싶었다. 하지만 이미 동굴 안의 환경에 익숙해진 나의 몸과 정신은 새로운 세상으로 나가는 길이 두려웠다. 때론 정신줄을 놓아야만 세상과 한 발짝 더 가까워질 수 있었다. 용기가 필요했다. 대대로 내려오는 동굴 안의 환경을 박차고 나가려면 이전의 나로는 도무지 엄두가 나질 않았다. 나를 옭아매던 부모의 가치관과 신념들을 버리려면 그것에 매여 있던 나의 정신줄을 놓아야 했다. 나를 억압했던 것들, 남의 것들로 덧씌워진 것들을 걷어내려면 말이다.

심층 심리학에서는 '억압'을 불안에 대한 방어기전이라 하였다. 수용받지 못했던 욕구, 감정 등을 의식 밖으로 몰아내 내 안의 심층 창고에 꾹꾹 눌러 담는다. 받아들이기 힘든 생각, 감정, 행동을 억누르고 비의식으로 숨겨버리는 것이다. 욕구불만, 감정표현의 어려움은 거절당했던 경험으로부터 비롯되는 경우가 많다. 그래서 있는 그대로 표현할 수 없게 된다. 그렇게 우리는 나의 욕구를 조절하고 감정을 어떻게 표현하는지 제대로 배우지 못한 채 어른이가 되었다. 받아들이기 힘들었던 '그 무엇'은 누군가에게로부터 주입받았을 가능성이 크다. 판단능력이 미숙했던 어린 시절부터 말이다. 그것들은 이미 내 몸과 하나가 되었다. 몸과 하나된 '그 무엇은' 정신줄로 단단히 무장되었다. 그래서 생각으로는 정신줄을 놓아보자 하면서도 몸이 그렇게 안 된다. 사람들은 나에게 절제를 잘 한다고 한다. 하지만 절제를 잘 하는 것이 아니라 정신줄을 꽉 움켜쥐고 있는 억압된 인간이다. 이제 흐트러질 때가 되었다.

정신줄을 놓아 오롯이 내가 된다면,

정신줄을 놓아 동굴 밖 태양에 점점 가까워질 수 있다면,

정신줄 망토를 두르고 바깥세상으로 훨훨 탈출을 시도하는 것이다.

더 이상 억압하지 말고 적극적으로 욕망하자.

라캉은 욕망에서 자신을 발견한다고 하였다.

그리고 이렇게 질문했다.

"당신은 당신 속에 있는 욕망에 일치하여 행동하였는가?"

그러면서 차분하게 나의 욕망을 들여다보고

끈질기게 관통하는 욕망을 되새김질하여 의미를 깨닫게 한다.

내 안의 욕망을 통해서 무엇을 잃어버렸고

찾아야 할 것은 무엇인지 깨달아야 한다.

그것을 모르면 결코 채워질 수 없는 대상이나 물질에 끌려다니게 된다.

그래서 나는 욕망에 충실하기로 했다.

꽃다발 없는 졸업식

딸이 졸업식을 했다. 졸업식 참석은 고등학교 졸업 이후 처음이다. 딸은 집을 나서며 꽃다발은 사오지 말라고 재차 강조했다. 아빠 없이 엄마만 참석하기 때문에 꽃다발이라도 화려한 것으로 준비하려고 했다. 딸아이의 만류에 한참을 고민하다가 그냥 가기로 결정했다. 어차피 꽃다발을 안겨주어도 심드렁한 반응을 보일게 뻔하기 때문에 몇 만 원을 낭비하고 싶지 않았다. 하지만 행사장으로 들어가니 온갖 형형색색 화려한 꽃다발들이 가장 먼저 눈에 들어왔고 가족 중 꽃다발을 들고 있지 않은 사람은 없었다. 순간 내적 갈등이 일어났다. '지금이라도 사가지고 올까?' 그렇게 고민을 하다가 '왜 근데 꼭 꽃다발이 있어야 하지?'라는 반문이 들었다. 이 중에서 꽃다발을 들고 있는 사람들이 많지 않다면 이렇게까지 고민을 하거나 초조하지 않았을 것이다. 곰곰이 생각해보니 꽃다발을 사려고 하는 이유가 딸의 졸업을 축하해주기 위해서가 아니라 '남들이 다 하니까!'였다. 정작 졸업의 주인공인 딸은 굳이 꽃이 필요 없다고 하는데도 그 짧은 시간에 고민에 고민을 거듭했던 것이다. 그 꽃다발이 대체 뭐라고.

지루하고 기나긴 졸업식이 거행되는 동안 30년도 넘은 나의 중학교 졸업식을 더듬더듬 떠올려보았다. 그 당시 나는 졸업 며칠 전부터 엄마에게 다른 친구들보다 돋보일 화려한 꽃다발을 준비해달고 요구했던 기억이 난다. 엄마가 그날 입을 옷까지 신경을 썼고, 나는 온갖 브랜드 옷으로 치장을 하고 졸업식에 참석했었다. 공부보다는 유행에 민감했고 주목받는 것을 즐기며 늘 외모에 과도하게 신경을 썼다. 수십 년이 지난 지금 역시 그런 습성을 버리지 못하고 남들에게 보일 나를 신경 쓰며 외모를 꾸미고, 남들 다 가지고 있는 꽃다발에 그렇게 집착을 하고 있는 것이다. 꽃다발이 없어 한껏 위축되어진 나 자신을 느끼며 빨리 그 자리를 벗어나고 싶었다. 딸은 이런 내 마음도 모르고 친구들과 수다를 떨며 사진 찍기 바빴고 신경 쓰지 않아도 되는 시선의 무게감을 느끼는 그 공간은 정말 불편하기 그지없었다.

나를 안다고 하는 사람들은 모두 하나같이 내가 당당하고 자존감이 높다고 평가하지만 어찌 보면 그건 내가 만들어낸 이미지일 뿐 정작 나를 움직이게 하는 미묘한 동력은 열등감이 아닐까 하는 생각이 들었다. 나를 보는 타인들의 시선은 내가 만든 이미지에 따라 상당히 왜곡되고 편협하고 엉성하기 짝이 없다. 또 그렇기 때문에 안 그런 척하는 이미지를 만들어내려고 열을 올리기도 한다. 화려한 꽃다발이 있었다면 꽃다발에 나의 열등감을 숨기고 안 그런 척 연기를 했을 것이다. 여전히 나에게는 허세라는 거품이 남아 있었고 타인의 시선에서 자유롭지 못했다. 타인의 시선이나 평판 따위를 신경 쓰는 나에게는 남들에게 어떻게 보일지에 대한 불안과 두려움이 내 안의 깊은 곳에 숨겨져 있었던 것이다. 세상 쿨한 겉모습 속에 이렇게 소심하고 초라한 내가 있었다. 보고 싶지 않았던 나의 초라함을 꽃다발이 없어 방황하는 두 손과 함께 날 것 그대로의 나를 생생하게 대면한 것 같은 느낌이다. 이 초라함과 열등감이 내 행동들을 은밀하게 조종하고 허세와 가식을 만들어냈던 것은 아닐까? 그렇게 만들어진 이미지를 바라보는 불특정 다수 타인들의 고요한 권력에 나는 지배당하며 살고 있었다.

사회심리학자 미드에 의하면 사람은 자신이 속한 사회의 가치와 문화에 따라 행동한다고 한다. 이때 '나'라고 하는 자아에 일반화된 타인의 모습이 있다고 하였다. 이것을 가리켜 그는 '일반화된 타자'라고 하였다. 이것은 내 속에 사는 보이지 않는 관중이다. '사람들은 나를 이렇게 볼 거야.'라고 생각할 때 어김없이 등장하여 내 마음을 시끄럽게 한다고 그는 말한다. 이는 특정인이라기보다 막연한 다수를 대표하며 우리 머릿속에만 존재하고 있다고 한다. 우리의 마음을 조용히 지배하는 매트릭스 같은 존재로서 이들도 결국은 또 다른 '나'라는 것이다.

이렇게 내 머릿속에만 존재하는 막연한 관중에게 더 이상 내 삶의 자리를 내어 주고 싶지 않다.

다행인지 불행인지 딸은 남들의 시선을 전혀 신경 쓰지 않는다. 요즘 10대들이 입고 다니는 브랜드 옷을 사다주면 시큰둥한 반응을 보인다. 왜 꼭 유행을 따라야 하냐고 볼멘소리를 한다. 남들 시선 때문에 불편한 옷도 감수하도록 요구했던 딸에게 새삼 미안한 생각이 든다. 짧은 미니스커트 교복치마에 하얀 허벅지살들을 드러내고 있는 틈에 무릎까지 내려오는 치마에 검정 타이즈가 눈에 띄었다. 춥다며 두터운 타이즈를 입었던 딸아이는 아빠 없이도, 꽃다발 없이도 누구보다 당당하고 빛이 났다. 친구에게 받은 꽃다발을 엄마에게 건네며 해맑게 삼겹살을 먹으러 가자고 한다. 특별한 날이기에 이탈리안 레스토랑 코스요리를 벼르고 있었는데 딸은 그렇게 나의 허세를 늘 뒤집는다. 주어진 것에 만족하고 누가 어떻게 보든 신경 쓰지 않는 딸아이가 그날 따라 너무 멋있고 눈물 나게 고마웠다. 거품도 포장도 가식도 통하지 않는 솔직 순수 담백한 딸을 지켜보며 스승은 멀리 있는 게 아니라는 생각이 들었다.

졸업과 입학시즌에 새로 생겨난 신종거래가 있으니 그건 사진만 찍고 중고시장에 내놓은 꽃다발이다. 사진 한 방에 가격이 반으로 떨어져 중고 사이트에 내놓으면 불티나게 팔린다고 한다. 졸업식의 꽃다발은 축하인가 허세인가 관습인가? 몸값 비싼 꽃다발로 여기저기 한숨소리는 깊어간다. 남들 시선 때문에 초라한 꽃다발은 인기가 없다. 졸업식이 끝나도 여전히 내 마음 한편 계속 맴도는 소리가 들린다. 그 꽃다발이 대체 뭐라고.

날라리 심리치료사의 마음건강식단 레시피

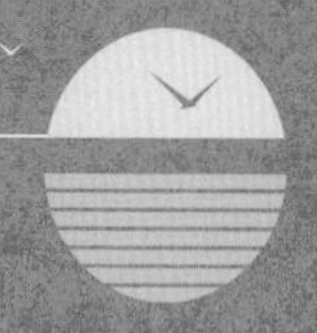

누군가를 끊임없이 의식하고

다른 사람들의 조건과 비교하며 살고 있다면,

무엇보다 나 자신과 많은 대화를 나누어야 한다.

남과 비교하느라 내가 누구인지도 모른 채

그저 세월을 흘려보내고 있지는 않은가?

스스로 질문하고 답을 구하며

다른 사람들이 만든 틀에서 나를 해방시키자.

마땅히 누려야 할 나다움

지인이 얼마 전, 이혼도장을 찍었다. 도장을 찍고 법원을 나오는 순간 해방감에 기뻐 날뛰고 싶었지만 꾹 참았다고 한다. 결혼이라는 교도소에 수감자로 갇혀 살다가 억압했던 현실을 탈출한 것 같다고 했다. 가장 먼저 한 일은 집으로 오는 길에 킥보드를 질렀다고 한다. 그녀 남편의 직업은 목사였고 17년을 사모로, 아내로, 두 아이의 엄마로 살았다. 물론 자기 직업이 있었지만 삶의 비중은 남편의 그늘에서 내조를 잘하는 것이라고 했다. 돌이켜보니 그것은 그녀가 원했던 것이 아닌 주변의 암묵적 강요였다고 한다. 처음에는 남편과 새로운 비전을 꿈꾸며 그를 동역자로서

돕고 싶었다고 한다. 그녀는 누구보다 활동적이고 사교적인 성향을 가졌다. 그런 그녀는 보수교단에서 너무 나대고 튀는 존재였다. 누군가의 수군거림도 삭혀야만 했다고 한다. 남편에게 누가 되지 않기 위해서. 그렇게 남편의 그늘에서 조신하게 행동하며 그녀는 점점 생기를 잃어갔다. 조금씩 사는 것이 재미없고 답답하고 삶의 회의감이 들었다고 한다. 주일에는 가식적으로 연기를 했고 여타 다른 부부들처럼 소소한 즐거움도 누리지 못했다고 한다. 이혼이라는 결단을 내리기까지 10년이 넘게 걸렸다고 한다. 이혼이라는 사건은 그녀 자신만의 문제는 아니었을 테니까. 그렇게 제도권 안 공동체의 일부로 존재하던 그녀는 온전히 자기 자신으로 존재하기 위해 외딴길을 향해 그곳을 박차고 나왔다. 유태인 집안에서 자란 아인슈타인은 한 때 종교적 열망에 심취해 있었다. 그러다가 기존의 관습적인 종교를 떠났다. 그것은 관계의 연결망으로부터 자신을 자유롭게 하기 위한 최초의 시도였다고 회상했듯이 아마 그녀도 그런 것이 아니었을까?

그녀는 이혼도장을 찍던 날 감격에 겨워 전화를 했고 축하주를 사달라고 했다. 이제부터 자유롭게 훨훨 비상할 거란다. 쉽지 않은 결단을 내린 용기에, 지금이라도 그녀만의 자기다움을 찾은 것을 기념하며 둘만의 조촐한 이혼파티를 했다. 제2의 전성기를 누리고 있는 그녀를 언제나 응원

한다.

롤로 메이는 『자아를 잃어버린 현대인』에서 이렇게 말했다. '외면적 자유를 위한 도전보다 내면의 자유를 위해 새로운 영역을 향하여 마음의 여행을 하는 것이 훨씬 더 큰 용기가 필요하다'고 말이다. 이 용기는 누구에게나 잠재되어 있고 저마다의 영웅을 끄집어내는 것이라고 한다. 수많은 철학자나 심리학자들이 용기에 대해 말하고 있다. 각기 다른 용기에 대한 해석을 하나로 관통하는 것은 '가장 근원적인 나다움'을 찾는 것에 대한 용기라고 본다. 결국 그 용기는 실존적 문제와 맞닿아 있다. 근원적 나다움이란 '나는 누구인가?'에 대한 물음표를 달기 때문이다. 늘 이런 의문이 든다. 진짜 나라고 하는 나, 본연의 나다움을 찾는데 왜 그토록 우리는 용기가 필요할까? 복잡한 문제이긴 하지만 나다움을 찾는다고 하는 건, 그것이 삶에 구체적 행동으로 실현되어야 되기 때문이 아닐까? 그래서 신경학자 쿠르트 골드스타인은 이렇게 말했나 보다. "인간은 자기의 본성을 현실화시키려고 할 때 존재의 쇼크가 생긴다. 이것은 자신의 삶과 존재에 따른 긍정적 쇼크이다." 긍정적이든 부정적이든 존재의 쇼크에 따른 용기와 결단이 필요한 것만은 분명한 것 같다.

어린 시절 사진을 보았다. 익살스러운 표정, 우스꽝스러운 몸짓, 해맑은 미소, 물총을 누군가에게 신나게 쏘아대는 내가 있었다. '그래 나는 원래 이랬었지.' 이런 모습은 모두 사라지고 언제부턴가 나는 재미없는 어른놀이를 하고 있었다. 장난치고 까불거릴 때마다 "어디 여자가."라는 말을 들어야 했고, 성장하며 '조용하게 얌전히' 있어야 별 탈이 없고 다른 친구들처럼 칭찬받았다. 내 안의 상전은 늘 그렇게 나를 꾸짖고 혼내고 튀지 못하게 눌렀다. 하인은 억울해도 감정을 표현하지 못하고 상전이 시키는 대로 했다. 학생이니까 열심히 공부해야 했고, 여자니까 적당히 내숭도 떨어야 했고, 동방예의지국이니까 예의바르게 행동해야 했고, 엄마가 권사니까 주일에는 꼭 예배에 참석해야 했다. 진짜 나로 살기보다 칭찬에 목말랐던 나는 누군가의 욕구와 기대를 충족시키며 나를 만족시켰다. 하지만 그 어떤 것도 성에 차지 않았고 마음의 씽크홀은 깊어만 갔다. 그렇게 씽크홀에 빠져 허우적거릴 때 내 안의 하인이 반기를 들었다. '언제까지 그러고 살 거야! 주인한테 따져. 더 이상 이렇게 못산다고' 그러기엔 난 겁쟁이였다. 강한 척하는 소심한 겁쟁이. 하지만 생기를 잃고 병들어가는 나를 더 이상 지켜볼 수만은 없었다. 그런 나를 건져 올릴 사람은 아무도 없었다. 오로지 나밖에.

지금까지의 삶을 뜯어고치는 대대적인 리모델링 공사를 착수했다. 현재 공사 중이고 조금씩 내가 원하는 모양대로 내 삶이 지어져가고 있다. 언제 완공이 될지는 모르겠지만 내가 원하는 모습대로 조금씩 갖추어져 가는 것을 지켜보는 즐거움만으로 충분히 만족한다. 그 즐거움으로 마음의 씽크홀이 조금씩 메워지고 있으니 말이다. 결국 공허함이라는 것은 생긴 대로 못살아서 생기는 결핍감이라는 나름의 결론을 지었다. 본연의 나로 충족되어지는 경험, 그것은 가장 나다울 때 느껴지는 기분 좋은 포만감이다. 나다울 때 진정으로 고독할 수 있고 더 이상 외로운 존재가 아니라는 것을 자각할 것이다.

실존주의 철학에서 말하는 실존적 삶이란 '있는 그대로'의 내가 나를 둘러싼 환경이라는 삶의 장에서 자신만의 고유한 욕구를 분명하게 자각하는 것이라고 한다. 그것을 알아차리는 욕구만이 자신의 삶을 변화시키고 성장시킨다는 것이다. 누군가의 욕구가 아닌 나 자신만의 고유한 욕구를 지닌 존재, 독립적으로 존재하는 나로서 '있는 그대로의 나'가 '있는 그대로의 환경'과 연결되어 성장이 이루어지는 것이야말로 진정성을 지닌 실존적 삶이라고 실존주의 철학자들은 말한다.

'있는 그대로 나'와 '있는 그대로의 환경'과의 만남. 두 에너지가 만나는 곳에서 나는 가장 리드미컬해진다. 그것은 가장 자연스러운 상태이고 또 다른 언어로는 '유연(悠然)'함이라고 표현할 수 있을 것 같다. 그래서 그 느낌으로 충만한 요즘을 전성기라 부르고 싶다. 왜냐하면 본연의 나다운 에너지가 가장 왕성하기 때문이다. 나답지 못한 삶을 버릴 때는 엄청난 용기가 필요했지만 그 용기 덕분에 충족감을 보상받았다. 어릴 적 사진에서 보이는 것처럼 그냥 생긴 대로 그저 나답게 철부지 어린소녀의 감성으로 삶을 리드미컬하게 즐기려 한다.

요즘 집으로 오는 길 장미꽃과 개망초가 화려한 전성기를 누리며 나의 눈길을 유혹한다. 지천에 널린 개망초들을 보았다. 계란꽃인 줄 알았는데 '개망초'라는 이름을 얼마 전 알았다. 무심히 지나쳤던 개망초들을 바라보니 어린 시절 소꿉놀이하던 때가 떠올랐다. 참 편안했다. 개망초 밭에서 한참을 은은한 향기에 빠졌다. 문득 꽃말이 있을까 궁금했다. 검색해보니 '화해'라는 꽃말을 가지고 있었다. 무릎을 쳤다. 왜냐하면 내 안의 상전과 하인을 화해시키고 있는 중이었기 때문이다. 효능도 이렇게 많은지 몰랐다. 특히 내가 요즘 가장 사랑하는 폴리페놀이 풍부하다고 한다. 가까이 있는 사람은 행복하게 해주고 멀리 있는 사람은 가까이 오게 해준다는 개망초에 애착이 생겼다. 이름도 맘에 든다. 세련되거나 멋스럽지 않은 투박한 이름 '개망초'. 줄기가 가늘지만 단단하여 웬만한 비바람에도 꺾이지 않는다. 과거에는 화려한 장미꽃과 닮았었다면 지금은 소박하고 편안한 개망초와 더 닮아 있다. 그렇게 개망초 밭에서 유유히 흘러가는 구름을 보며 소탈한 내가 되어 누워 있었다.

날라리 심리치료사의 마음건강식단 레시피

어릴 적 내가 미친 듯 몰입했던 놀이를 생각했다.

비오는 날 맨발로 첨범첨벙 뛰어 놀기와 숨바꼭질이었다.

요즘 그러고 논다.

가끔은 어린 시절의 나로 돌아가 잠자고 있는

유희본능에 한 번씩 날개를 달아주자.

말대꾸만 했어도

아이들이 어렸을 적부터 강조했던 것이 있다. 그것은 말대꾸를 하라는 것이다. 그래서 그런지 두 아이는 어디 가서도 할 말은 한다. 이제 사춘기가 되니 예전에는 수긍했던 엄마의 말에 반감을 표하기도 하고 내 표현방법에도 문제가 있음을 오목조목 지적한다. 어쩌다 말로 밀리는 불리한 상황이 올 때도 있지만 전혀 기분 나쁘지 않다. 오히려 흐뭇하다. 말대꾸는 건강한 표현방법이라고 생각하기 때문이다. 보통 '말대꾸'라고 하면 부정적인 것으로 해석하기 쉽고 말대꾸를 하는 아이는 버릇없는 아이로 낙인찍히기 쉽다.

'말대꾸'의 사전적 정의는 '남의 말을 듣고 그대로 받아들이지 않고 그 자리에서 자신의 의사를 나타냄'이다. 타인의 말이든 지식이든 관습이든 아무런 의심 없이 비판적 사고 없이 그대로 받아들여 생기는 병통이 더 크다는 것이 나의 지론이다. 우리는 어릴 적부터 말을 잘 들어야 한다고 배워왔다. 말 잘 듣고 착하다는 칭찬을 받으면 그 칭찬에 부응하기 위해 묻지도 따지지도 않고 말을 잘 들으려 노력했다. 이렇게 성장한 청소년이나 청년들은 어딜 가나 예스맨이다. 싫다는 말을 할 줄 모른다. 친구에게 빌려준 돈을 갚으라는 말도 못하고 그 친구가 빨리 돈 갚게 해달라고 열심히 기도했던 한 청년이 떠오른다. 자기주장을 제대로 하지 못하고 자신의 의견을 표현하지 못하는 이들이 의외로 주변에 꽤 많다.

내가 아빠에 대한 분노가 그렇게 컸던 이유도 잘 생각해 보니 한 번도 말대꾸를 한 적이 없어서이다. 어떤 부당함이나 억울함도 그저 속으로 삼켜야 했다. 말대꾸만 했어도 내 안의 분노가 그리 크지는 않았을 것이다. 한 번도 내 의견을 말해 본 적이 없다. 누울 자리를 보고 뻗으랬다고 불호령이 떨어질게 뻔했기 때문이다. 대부분의 사람은 나보다 어린사람이 내 의견에 반론을 제기하거나 그에 반하는 의사표현을 하면 불편해하거나 예의 없다고 생각을 한다. 물론 상대방의 태도나 말투에서 정말 예의가 없었을 수 있다. 그러면 조금만 친절하게 말해달라고 부탁을 하면 된다. 손아래 사람들이 자기주장 하는 것을 수용해주는 너그러운 태도를 가진 성숙한 어른이 내 경험으로는 드물다. 말 잘 듣고 순응하며 협조적 태도를 보이는 이들에게 더 기회가 주어지고 그래서 어딜 가나 아부는 건재하다. 표현의 자유가 있다고는 하지만 상대를 의식한 제약된 자유이다.

얼마 전 고등학생 남자아이 상담의뢰를 받았다. 찾아온 이유는 전날 성적표 조작사건으로 집안이 발칵 뒤집혔다. 가난했지만 자수성가한 부모는 그들 나름의 확고한 원칙과 기준이 있었고 그것은 곧 법이었다. 그것을 지키지 않았을 경우, 매와 벌로 체벌하였다. 그렇게 무서운 부모 밑에서 자신을 보호하기 위해 했던 행동은 거짓말이었다. 첫 만남 때 아이는 묻지도 않았는데 성적표 조작에 대한 얘기를 먼저 꺼냈다. 나는 아무렇지 않게 "선생님도 고등학교 때 성적표 조작한 적 있었는데, 난 안 들켰어. 들키지 말았어야지. 나도 만약에 우리 아빠한테 들켰다면 너랑 비슷한 상황이 벌어졌을걸."이라고 말하니 놀란 듯 쳐다보았다. 그것은 옳지 않은 행동이라는 것을 누구보다 잘 알았을 텐데 오죽하면 그랬을까라고 공감을 하니 그동안 쌓였던 억울한 마음을 털어놓았다. 부모의 의

사소통방식은 지시, 명령, 협박이 대부분이고 정서적 대화는 거의 없었다. 초등학교 3학년 때 친구랑 싸운 적이 있는데 자신만 혼내는 부모님께 말대꾸했다가 거의 죽지 않을 정도로 맞았다고 한다. 그 이후 억울하고 분해도 참았다고 한다. 이것이 쌓이다 보니 최근에는 부모를 죽이고 싶다는 생각까지 했다고 한다. 이렇게 폭파 직전의 아들이 하는 불만은 부모 입장에서는 모두 복에 겨운 소리였다. 그 아버지는 늘 이렇게 말한다고 한다. "네가 뭐가 부족해서."

최근 부모와의 갈등으로 인해 찾아오는 아이들이 부쩍 많다. 어떤 엄마는 말끝마다 "아뇨. 난 그렇게 생각하지 않는데요."라고 말하는 아들 때문에 너무 괴롭다고 하소연했다. 좀 더 자세하게 전후 맥락을 살펴봐야겠지만 '전 그렇게 생각하지 않는데요.'라는 말은 긍정으로 아니 대환영해야 한다. 그 말은 최소 생각은 하며 살고 있다는 것이고 그렇게 자기주장을 한다는 건 휘둘리지 않을 가능성이 크다. 그래서 아이가 부모의 말에 수긍하지 않고 말대꾸하는 것은 바람직하고 오히려 건강한 것이라고 말한다. 말대꾸하는 자녀와 말대꾸를 받아들이지 못하는 부모의 팽팽한 신경전에서 누가 먼저 달라져야 할까? 말대꾸하는 아이와의 논쟁은 감정 소모전으로 이어지기 쉽고 그것은 아무런 의미가 없다. 서로 마음만 상할 뿐이다. 내가 온전히 수용 받아 본 경험이 없더라도 인생을 좀 더 살아본 어른으로서의 성숙한 반응이 더욱 절실한 요즘이다.

기원전 5세기, 그리스 철학자 소크라테스는 청년들에게 부패한 생각을 갖도록 하여 해로운 영향을 끼쳤다는 이유로 사형을 당했다. 그는 질문을 하며 청년들이 자신의 생각을 말하고 스스로 깨닫고 자각하도록 일깨웠다. 기득권층에서는 그것이 어린 사람들을 부추기고 선동하는 것으로 비춰졌을 수 있다. 그러한 담론들이 청년들의 기백을 떨어뜨리고 법과 질서를 흐트러뜨린다고 판단했던 모양이다.

보수적이고 완고한 환경에 익숙한 청소년이나 청년들은 자신의 주장이나 권리를 당당하게 말하기 힘들어한다. 그래서 말할 줄 모르는 성인이 된다. 솔직하게 자신의 생각을 말하는 것을 힘들어하고 에둘러서 우회적으로 모호하게 자신의 뜻을 전달하는 소통방식에 익숙한 사람들이 많다. 그래서 오해를 일으키고 불리한 경우를 당하는 일도 왕왕 있다. 근데 불리한 상황에서조차 자신의 의견을 제대로 말하지 못하는 사람도 있다.

개인주의적 성향이 강하고 의사표현이 분명한 밀레니얼 세대나 기성세대와는 확실히 다른 정서와 의사소통방법을 가지고 살아가는 디지털 원주민을 너그럽게 이해하고 품어주는 관용이 필요하다. 세대 간 갈등이 심각한 요즘에는 더욱 그러하다. 말대꾸하는 이가 있다면 환하게 웃으며 패기를 칭찬해 주고 공감적 반응을 했으면 좋겠다. 이제 세상을 움직이고 바꾸는 건 시키는 대로 말 잘 듣고 공부 잘했던 사람보다 말대꾸하고 비딱하고 남다른 똘기를 가진 사람들이다. 요즘 잘 나간다고 하는 영향력 있는 유튜버들, 젊은 벤처기업 CEO들이 그렇다. 기성세대에 순응하지 말고 용기 있게 당당하게 배짱 한 사발 들이마시고 남다른 시선을 가지고 말대꾸를 하자. 단 무례하게 보이면 곤란하지 않을까?

날라리 심리치료사의 마음건강식단 레시피

반골정신 키우기

1. 남들 속에서 남들 생각에 묻어가지 말자.

2. 당연시되는 것들에 대한 비판적 사고를 해야 한다.

3. '저는 그렇게 생각하지 않습니다.'라고 당당하게 말할 수 있어야 한다.

4. 내 신념을 지지하는 이론이나 집단만 따르지 않는다. '신념고수'는 무섭다.

5. 대단한 권위자를 따르지 마라. 한 분야로만 깊이 파서 기피해야 할 분들이 많다.

6. 화려한 스펙에 속지 말자. 알맹이는 부실한 경우가 많다.

7. 저자의 말이 편향된 신념은 아닌지 의심하라. 상담이나 심리치료가 나의 가까운 친구가 하는 조언보다 더 못한 경우가 많다. 전문가라고 해서 맹신하지 말자.

"반대가 없으면 발전도 없다." – 윌리엄 블레이크

맞짱 떠!

사람들이 북적거리는 주말을 피해 인적이 드문 평일 오전 산에 올랐다. 중간쯤 올라갔을 때 갑자기 산고양이가 내 앞에 떡 하고 있었다. 순간의 소스라침은 온몸으로 퍼졌고 몸은 움직일 수 없었다. 가까스로 뒷걸음질 치며 다시 산을 내려왔다. 그날 내내 기분이 좋지 않았다. 호랑이가 나타난 것도 아니고 고양이 한 마리 때문에 등산을 포기하고 올 수밖에 없었던 내 비겁함 때문이다. 그러고 보니 딸이 종종 하는 말이 있다.

"엄마는 왜 그렇게 겁이 많으세요?"

그동안은 그 말을 그냥 한 귀로 무심히 흘려보냈었다. 지인들과 케이

블카를 탔을 때도 들었던 말이 있다. "은근 겁이 많네."

살아가며 다양한 상황을 맞닥뜨리게 되고 인정하고 싶지 않은 내면의 불편한 진실들과 마주할 때가 있다. 내 안의 '겁'에 대해 진지하게 생각해 본 적이 얼마 되지 않았다. 그만큼 인정하려 하지 않고 도망 다녔다. 지금까지 살아오면서 아주 많이 마주했을 내 안의 공포라는 감정을 무시하며 살아왔다. 어쩌면 그 감정을 들여다볼 용기가 차마 나지 않았는지도 모르겠다.

미국의 임상심리학자 폴 에크만 박사는 『표정의 심리학』에서 공포의 테마는 신체적 위험이라고 말한다. 그 감정은 우리가 신체적이거나 심리적인 위협을 받는다고 느낄 때 몸으로 나타나는 반응이라고 한다. 두려움을 느낄 때 우리는 거의 무엇이든 할 수도 있고 아무것도 못 할 수도 있다. 그것은 같은 상황에서 우리를 보호하기 위해 과거에 어떤 것을 배웠는가에 달려 있다고 한다. 즉 과거에 반복했던 행동패턴이 위험에 맞닥뜨렸을 때 즉각적으로 반응하도록 설계되어 있다는 것이다. 행동심리학자들의 연구에 따르면 인간은 진화되는 과정에서 두려움에 대한 두 가지 행동을 선호해왔다고 한다. 그것은 바로 숨기와 도망가기이다. 두려움을 느끼는 동안 혈액은 다리의 근육으로 흘러가서 도망갈 준비를 하게 된다. 이것은 인류 진화의 역사를 볼 때 가장 적합한 행동이었다. 왜냐하면 맹수의 공격에 대비해야 했기 때문이다. 맹수를 마주친 것도 아닌데 내 안에 설계된 '도망가기'라는 프로그램은 작은 강아지만 다가와도 즉각적 회피반응을 보였던 것이다.

『감정의 발견』 저자 마크 브레킷은 "감정은 일종의 정보로써 한 개인이 무언가를 경험할 때 내면에서 어떤 메시지가 발생하는지를 전하는 뉴스 보도와 비슷하다."라고 했다. 이 정보를 통해 가장 적절한 결정을 내릴 수 있다고 한다. 그렇기에 우리는 모두 정보가 보내는 신호를 알아차려 감정을 다루는 법을 배워야 한다고 강조한다. 어떤 정보를 많이 접하느냐에 따라 그 정보는 내 안에 침투하여 나의 의사결정과 행동방식에 영향을 미친다고 한다. 외적 정보도 중요하지만 내 안에서 올라오는 내적 정보가 무엇보다 중요하다고 그는 말한다. 인간의 복합적 감각이 몸과 마음, 바깥세상에서 소식을 가져오면 뇌가 이를 정리하여 분석한 뒤 표현해내는데 이것이 바로 감정이라는 것이다.

자연의 일부인 인간이라는 유기체는 끊임없이 흐르고 있는 역동적인 존재다. 감정도 에너지이기 때문에 시냇물이 사시사철 흐르듯 흘러야 정상이라고 본다. 적체되어 있거나 억눌려 있으면 흐름이 막힌다. 막힌 감정의 에너지는 크고 작은 심리적 어려움이나 신체적 불편감을 가져온다. 막혀 있는 감정에 물꼬를 터주어 다시 흘러가도록 해야 한다. 나를 압도하는 감정을 잘 다루지 않으면 감정이라는 파도가 자칫 우리를 집어삼킬지도 모른다. 우리는 생각보다 훨씬 더 많이 감정에 휘둘리며 살아간다. 매우 이성적이고 판단능력이 우수하고 합리적이라고 하는 이들도 보면 자신의 감정은 잘 알아차리지 못하고 객관적으로 보지 못하는 경우가 많다. 자신이 감정에 함몰된 것도 모르고 이성만 붙들고 늘어진다. 그런 이들의 대부분 특징은 사고와 몸이 경직되어 유연성이 떨어지는 것을 볼 수 있다.

미국의 심리치료사 윌리엄 글라서는 공포의 감정을 명사에서 동사로 바꾸라고 말한다. '두려움'이라는 명사를 '두려워하기'로 말이다. 왜냐하면 우리가 태어나서 죽을 때까지 하는 일은 '행동하기'이기 때문이다. 그의 선택이론에 따르면, '두려움'을 '두려워하기'라는 동사로 바꾸면 지금 무언가 불편한 것은 우리가 스스로 선택했다는 것뿐만 아니라 더 나은 선택을 할 수도 있고 안 할 수도 있다는 것을 인식하도록 도와준다는 것이다. 감정이라는 선택 권한이 나에게 있음을 자각하고 나에게 도움이 되지 않는 선택보다는 좀 더 건강하고 바람직한 선택을 하도록 권한다.

스피노자는 『에티카』에서 부정적이든 긍정적이든 우리 안의 모든 감정은 자연스러운 자연법칙 안에서 작동되는 현상이라고 하였다. 그의 이론에 따르면 긍정감정만 받아들이고 부정감정을 무시하는 것은 자연법칙을 거스르는 것이다. 내 안의 부정적 감정도 자연스러운 나의 일부로 받아들이고 있는 그대로 수용해준다면 막힌 감정의 물꼬가 조금씩 트일 것이다.

미국 '시디베이비'의 설립자이자 뮤지션으로 활동하고 있는 데릭 시버스는 뭔가 두려운 일이 생길 때마다 자신에게 이렇게 묻는다고 한다. "너 겁먹었니?" 겁먹었다면 그게 바로 해야 하는 일이라 여기고 곧바로 실행한다고 한다. 나를 겁나게 하는 무엇인가를 찾아 맞설 때마다 그것이 더 이상 공포의 대상이 아님을 경험하게 된다고 그는 말한다. 그의 재미있는 일화가 있다. 아름다운 여인 앞에서는 늘 주눅이 들고 말을 걸기가 무서웠다고 한다. 그래서 또 자신에게 물었다고 한다. "겁먹었니? 그래 그럼 해보자." 용기를 내어 그녀에게 다가가 "안녕하세요?"라고 말을 건넸다고 한다. 그 후 더 자신감이 생겼다고 한다. 그는 자신에게 수도 없이 묻는다고 한다. "너 겁먹었니? 그럼 해보자!" 이것은 수많은 신경심리학자들의 연구에서 보고된 바와 같이 두려움을 느낀다면 언어로 명명해보도록 하여 뇌의 행동피질이 활성화되도록 하는 것이다. 그러면 우리 몸이 그것을 실행할 수 있도록 도와준다는 것과 같은 맥락이라 볼 수 있다.

얼마 전 속초에 놀러 갔는데 숙소 주변에 고양이들이 너무 많았다. 고양이 때문에 겁보가 된 나는 경관을 제대로 누리지 못했다. 아침 산책 중에 저만치서 고양이가 어슬렁거리며 걸어왔다. 나에게 소리 내어 말했다.

"쫄지 마! 걍 맞짱 떠!"

오다가 멈춘 고양이에게 큰 소리로 외쳤다.

"왜 쫄았니? 이리와 봐."

고양이는 날 뚫어져라 응시했다.

"이리 오라니까!"

다행히 고양이는 다가오지 않았고 소리 내어 말하니 왠지 자신감이 생겼다. '두려움'이라는 막힌 물꼬가 트인 느낌이랄까. 이제는 더 이상 도망다니지 않을 것이다. 그것은 어쩌면 내가 만든 허상일 수 있다. 나는 두려움을 느끼는 사람이고 '두려움'은 느끼는 대상이 된다. 그 대상은 내 선택에 따라 일부가 될 수도 있고 떨어져 나갈 수도 있다. 나의 일부가 두려움을 느낀 것뿐, 나라는 존재 전체가 두려운 사람은 아니다. 나는 두려움보다 크다.

날라리 심리치료사의 마음건강식단 레시피

1. 나의 두려움(나를 괴롭히는 감정)을 알아차린다.

2. 내 몸에서 보내는 신호를 느껴본다.

3. 감정으로 인해 반응된 특정 신체를 토닥여주거나 주물러 준다.

4. 그 감정에 이름을 붙이자.(이름을 붙여 감정을 나와 분리하여 객관화시키기)

5. 그 이름을 부르며 괜찮다고 위로해주자. "네 몸이 널 보호해주려고 그러는 거야. 곧 괜찮아질 거야."

6. 내가 살아남기 위해 프로그램 된 내 몸과 마음에 수치심 따위는 가질 필요 없다고 당당하게 말해주자.

누군가의 자리로 나를 들여놓다

길을 가는데 두 아저씨가 싸우고 있었다. 싸움구경은 늘 흥미진진하다. 한 아저씨가 잔뜩 흥분해서 삿대질을 하며 말한다. "당신이 한번 입장 바꿔놓고 생각해봐." 나는 속으로 생각했다. '입장 바꿔놓고 생각했다면 싸움이 안 났겠지.'

이와 같은 상황의 고사성어가 있다. 맹자의 「이루편」 29장에 '역지즉개연(易地則皆然)'이라는 표현이 있다. 여기에서 비롯된 '역지사지'는 다른 사람의 처지에서 생각하라는 뜻을 담고 있다. 자기중심이 아닌 상대의 시각에서 헤아려 보라는 삶의 지혜를 나타낸다.

며칠 전 중간에 스케줄이 비어 카페에 들어갔다. 좀 있다가 옆 테이블에 한 여자가 앉았다. 누군가를 기다리고 있는 듯했다. 30여 분이 지나자 그 여자의 간헐적 한숨이 들렸다. 책을 보고 있는데 신경이 쓰였다. 시간이 더 흐르자 거친 콧김 새어나오는 소리가 들렸다. 휴대폰을 한 번씩 보며 신경질적으로 내려놓았다. 그때 누군가 카페 문을 다급하게 열고 들어왔다. 한눈에 봐도 그 여자가 기다리는 남자인 듯 했다. 머리는 채 말리지 않은 상태였고 대충 걸친 남방과 백팩은 그의 어깨에 위태롭게 걸쳐 있었다. 한눈에 커플임이 느껴졌다. 여자는 팔짱을 끼고 남자를 째려보았고 남자는 채 앉기도 전에 왜 늦었는지 장황하게 설명하기 시작했다. '아차차 사과부터 해야 하는데.'속으로 생각했다. 김건모의 '내게 그런 핑계 대지마. 입장 바꿔 생각을 해봐.'라는 노래가 떠올랐다. 여자의 차갑고도 조소 섞인 말투에서 남자는 매번 여자를 기다리게 하는 프로지각러임을 알 수 있었다. 불편한 침묵이 흘렀다. 남자는 끝까지 사과를 안 했다. '상대의 입장을 전혀 고려하지 않는 이 남자를 왜 만나지?'라는 생각이 들었다. 시간이 흐를수록 그들의 대화는 말의 껍데기만 허공으로 떠다니는 듯했다. 타인의 입장을 헤아리지 못하는 자기중심적 대화는 소통의 한계와 관계의 어려움으로 이어진다는 것을 이 커플을 통해 새삼 깨달았다.

김정운 교수의 『노는 만큼 성공한다』를 보면 피아제의 '관점획득'이라는 용어가 나온다. 피아제는 하나의 사진이 상하좌우에서 어떻게 보일지를 머릿속으로 상상해서 판단하는 실험을 했다고 한다. 이것은 시각에 따라 사물이 어떻게 달라지는지를 보기 위함이다. '역지사지'를 이해하기 위한 중요한 이론이라 여겨진다. 그의 실험이 사물에 국한되기는 했지만 그것을 통해 타인의 관점에서 사물을 보는 능력, 즉 다른 사람의 입장이 되어 상황을 다양하게 해석할 수 있는 사회적 관점획득능력으로 나아갈 수 있을 것이다.

나는 개인적으로 '상대의 입장을 헤아릴 줄 아는가.'로 어른에 대한 기준을 가늠한다. 진짜 어른은 자기중심적이지 않다. 물론 인간의 내면에는 자기를 먼저 생각하고 보호하려는 본능이 있다. 본능을 억압해야 한다는 것이 아니라 본능과 함께 타인의 입장을 여러 관점으로 헤아릴 수 있는 능력은 인간만이 가지고 있는 최고의 기술이라고 본다. 타인과 더불어 살아갈 수밖에 없는 사회적 존재로서 어쩌면 가장 필요하고 중요한 기능인지도 모르겠다.

성숙한 인간이 되고 싶은 나는 사실 '동생'이라는 생선가시가 목에 걸려 있다. 동생은 부모님께 나의 만행?을 일러바치는 내부 고발자였다.

만나면 나의 과거행적들을 들추는 그녀가 불편해서 언제부턴가 피하게 되었다. 만나고 온 날이면 생선가시 같은 통증이 꽤 오래가서 술이라는 진통제를 빌려야 했다. 역지사지가 고통스러운, 그래서 하고 싶지 않은 그런 존재이다. 삼키려하면 다른 부위까지 통증이 느껴지고 뽑아내기도 힘들다. 어느 날 그런 동생을 그려보았다. 그녀가 했던 말 중 기억나는 것도 적어보았다. 무언가 묵직하게 나를 붙잡는 말이 있었다. "언니 때문에 (부모님께) 내가 하고 싶은 거 말도 못했어." 아주 오래전 나에게 했던 말이다. 듣기 싫어서 귀를 닫고 더 이상 떠올리려 하지도 않았던 말이다. 근데 이 말이 유독 아릿하게 느껴졌다. 동생의 그림을 한참 바라보았다. 동생은 집과 학교밖에 모르는 모범생이었다. '말 잘 듣는 착한 딸'이라는 역할은 어쩔 수 없는 선택이었겠다는 생각이 문득 들었다. 동생의 그림을 집어 들고 나를 보았다. 맨날 늦게 들어오고 부모님 속 썩이는 언니가 보였다. 언니는 새 옷을 입고 동생은 늘 언니가 입던 옷을 물려 입었었다. 그런 언니에게 무슨 말을 더 하고 싶었을까?

"언니 때문에 힘들어 하는 엄마, 아빠 보면서 내가 원하는 것을 차마 말할 수 없었어. 나까지 힘들게 해드리고 싶지 않았으니까. 나라도 착한 딸이 돼야 부모님이 덜 힘드시니까"

그녀의 입장에서 나 자신을 보니 자기밖에 모르는 잘난 척하는 언니가 등을 돌리고 있었다. 그럼에도 불구하고 늘 먼저 안부 묻는 그녀가 나보다 훨씬 더 성숙한 인간인지도 모른다. 맏이라는 이유로 더 힘든 것도 있었지만 맏이라는 이유로 훨씬 더 많은 혜택을 누렸던 큰언니는 동생들의 입장을 단 한 번도 헤아리지 못했던 참 이기적인 인간이었다. 부모님이 어떠하든 내가 하고 싶은 건 하고 마는 큰언니와 다르게 동생들은 착한 모범생들이었다. 속 썩이는 언니를 보며 착할 수밖에 없었던 것일까?

그렇게 나는 동생의 자리에 나의 몸을 들여 놓았다. 동생의 자리로 들어갔다 나온 후 이렇게 말하고 싶어졌다. "속 썩이는 나 때문에 아빠는 늘 화가 나 있었고 험한 분위기에서 너희가 얼마나 마음 졸이고 있었을지 이제야 조금 알 것 같다. 내가 얼마나 미웠겠니. 정말 미안하다." 그리고 생각했다.

누군가의 자리로 들어가 본다는 건,

나를 알고 너를 알게 되는 것이라고.

어쩌면 삶이란,

역지사지를 통해 꼬인 매듭을 풀어가는 과정이 아닐까?

날라리 심리치료사의 마음건강식단 레시피

마음에 들지 않는 상대가 있다면

머릿속으로 생각만 하지 말고 그려보자.

내가 알고 있는 정보를 주변에 적어본다.(최대한 자세하게)

그에게 나에 대해서 인터뷰하듯 질문한다.

그의 생각을 말풍선에 적어본다.

그의 입장에서 나를 객관화할 수 있다.

조금씩 상대방이 이해가 되기 시작한다.

나만의 멋으로!

변화

내 인생대본 고쳐 쓰기

버스를 타고 가는데 앞에 앉은 20대의 두 여자가 깊은 한숨과 넋두리를 주고받는다. 현재 그녀들은 대학 4학년으로 어느 조직의 인턴으로 있는 듯했다. 그 조직에서 살아남으려면 대학원을 진학해야 하고 자격증도 더 취득해야 한다고 고민이다. 그렇게까지 하면서 그 조직에 몸담아야 하는지 갈등 중이라고 했다. 유튜브를 보면서도 책을 읽으면서도 밥을 먹다가도 '이렇게 사는 게 맞나?'라는 생각을 하루에도 수십 번은 하는 거 같다며 한숨을 내쉬었다. 옆의 친구가 격하게 공감을 하며 인생이 허무하다고 했다.

이것은 꼭 그녀들만 한 나이 때 내가 했던 고민 아닌가.

예전에 알게 된 청년이 있다. 얼마 전 전화가 왔다. 작년에 임용고시를 네 번째 떨어지고 의욕은 제로상태였다. 인생은 칠전팔기라고 외치며 자신만만했던 예전의 모습은 네 번의 낙방으로 자취를 감췄다. 나는 한 번 떨어지고 바로 포기했는데 그렇게 끈기를 가지고 네 번까지 도전했다는 것 자체가 이미 합격이고 인생승리라고 추켜세웠다. 그만한 저력이 흔치 않다고 말이다. 하지만 전혀 위로가 안 되는 눈치였다. 나이는 계속 들어가고 부모님께 언제까지 의지하며 살지 막막하다고 했다. 포기하고 다른 걸 하자니 그동안 해놓은 것이 아깝고 합격이 보장되지 않은 상태에서 공부에만 매진하자니 시간낭비가 아닌가 하는 생각에 이러지도 저러지도 못한다며 답답해했다. 그동안 많은 청년들을 만나며 알게 된 공통된 고민은 바로 '불확실함'이다. 앞으로 나아가고는 있으나 뿌옇게 보여 가면서도 이 길이 맞나 싶은 것이다. 이러지도 저러지도 못하는 선택의 기로에서 갈등하고 방황한다. 녹록지 않은 현실에서, 치열한 생존경쟁에서 나의 존재감은 점점 쪼그라지고 우울 아니면 분노라는 심리적 벽에 기대어 헬 조선을 원망한다.

인간은 신체적 욕구, 타인과 친밀감을 유지하고 싶은 심리적 욕구만큼 중요한 것이 있다. 그것은 삶의 의미와 목적을 찾는 정신적 욕구라고 생각한다. 이미 사람들은 지나치게 배부르고 물질은 필요 이상으로 넘쳐난다. 하지만 행복하지 않다. 뻥 뚫린 것 같은 허무한 마음은 낭비와 소비로 일시적 만족을 느낀다. 이것은 더 큰 낭비와 소비로 연결되는 악순환이다. 악순환의 고리를 끊기 위해서는 어떻게 해야 하는 것일까? 산다는 것의 의미는 무엇일까?

빅터 프랭클은 삶의 의미를 '자아 초월 능력'이라고 했다. 이것은 인간을 자기 자신으로 살게 하는 힘이라고 그는 말한다. 자기에게 현재 주어진 삶에 어떤 의미를 부여해야 하는지 『죽음의 수용소에서』라는 저서에 잘 드러나 있다. 아무것도 기대할 수 없는 감히 상상조차 할 수 없는 처참한 수용소에서 극심한 추위와 배고픔, 잦은 전기감전, 탈진의 순간에도 아내의 웃는 모습과 밝은 목소리를 떠올리며 희망을 잃지 않았다고 한다. 짐승이나 다를 바 없는 최악의 환경에서도 희망이 있었던 그는 끝까지 인간이기를 포기하지 않았다. 주어진 물 한 바가지를 남들은 게걸스럽게 마실 때 그는 얼굴과 몸을 닦았다고 한다. 그에게 있어 삶의 중요한 의미는 희망이었을 것이다. 몸은 감옥에 갇혀 있었지만 가족을 떠올리고 미래의 자신을 떠올리며 매 순간 살아야 할 의미를 정신에 새겼던 것이다.

어떻게 살아야 할지에 대한 깊은 영감을 준 인생 영화가 있다. 팀 로빈스, 모건 프리먼 주연의 〈쇼생크 탈출〉이다. 억울한 누명을 쓰고 교도소에서 갇힌 앤디. 그는 교도소에 갇혀 생활하는 죄수였지만 영혼은 자유로웠다. 탈진 직전에도 눈빛은 언제나 살아 있었다. 왜냐하면 꿈이 있었으니까. 그는 노예가 아니라 한 인간이고 싶었다. 교도소 도서관에서 우연히 발견한 모차르트 음반. 그는 〈피가로의 결혼〉을 감상한다. 순간 애절한 선율에 빠져들게 된다. 혼자만의 감상에 머물지 않고 교도소 전체 죄수들과 교도관들에게도 들려준다. 먼지 날리는 회색빛 칙칙한 교도소 안에 감미로운 모차르트 음악이 울려 퍼진다. 그곳에 갇혀 있는 죄수들은 하던 일을 멈추고 따스한 햇살을 올려다보며 잠시나마 자유와 평화를 느낀다. 검은 제복을 입은 난폭한 교도관이 앤디를 찾아와 죽이겠다고 협박을 해도 개의치 않고 볼륨을 더 높인다. 무기징역을 받은 한 인간이 교도소라는 절망적인 현실에서도 푸른 희망을 놓지 않았다. 하루하루 반복되는 기계적인 노동에 시달려야 하는 상황에서도 그는 창조적 인간이기를 포기하지 않았다. 자신의 삶을 교도관들에게 허락하지 않았던 것이다. 더 나아가 자기만의 만족에 머물지 않고 공동체를 위해 헌신하고 위험 무릅쓰기를 마다하지 않는다. 그로 인해 거칠고 무력하기만 했던 죄수들이 조금씩 변화되어가는 것을 볼 수 있었다. 결국 그는 20년 만에 탈출에 성공하고 푸른 바다와 하늘을 만끽하게 된다.

그렇다. 주인공 앤디처럼 어떤 상황에서도 내 삶은 내가 주도하고 내가 결정하는 것이다. 남이 써 준 대본대로 막연히 그냥 왠지 그렇게 살아야 할 거 같은 시들시들한 삶의 방식을 재점검하고 각색해야 한다.

정신역동 심리학자 위니컷은 이상적 참자기는 침범받지 않는 환경 안에서 '참자기'를 경험한다고 했다. 그런 자기 나름의 경험적 방식에 따라 심리적 틀을 획득하고 이것이 타고난 잠재력을 발휘하게 한다고 하였다. 그가 말하는 '참자기'는 살아 있음과 관련된 경험들의 집합이라는 것이다. 이런 환경들이 좌절되면 외부 대상에 순응하게 되고 '참자기'의 잠재력은 희생당할 수밖에 없다는 것이다.

나에게 주어졌던 환경은 나의 잠재력을 발휘할 수 있는 환경이 아니었기에 현실과 타협해야만 했다. 그렇게 조직에 순응하고 기성세대에 맞추며 나도 대다수 중의 하나로 닮아가고 있었던 것이다. 오롯이 내가 나로 살아 있음을 느끼지 못했던 나는 늘 무언가를 갈망하고 공허감에 허우적거렸다. 그래서 내 삶의 대본을 대대적으로 수정했다. 다시 고쳐 쓴 대본에는 '진짜 나'로 살아가는 장면들로 바뀌었다. 삶이라는 드라마에서 그것들을 실현해 가고 있는 중이다. '설렘'이라는 충만감으로 가득하다.

지금 내 현실이 답답하고 막막하고 불행하다고 느껴진다면,

내 인생대본을 다시 검토하고 내가 살아야 할 이유와 좀 더 의미 있는 삶으로 과감하게 다시 고쳐 쓰자.

까짓 배짱을 걸고 베팅을 해보는 것이다.

날라리 심리치료사의 마음건강식단 레시피

내 심장을 뛰게 하고 마음을 움직이게 하는

키워드 다섯 개를 생각한다.

키워드 다섯 개를 넣어 내가 원하는 인생스토리를 작성한다.

(구체적으로) 그것을 실행하는 경험들이 쌓이면

나의 길이 만들어지고 '나'라는 위대한 작품이 탄생할 것이다.

나를 작품화시키는 과정을 통해

내 존재를 희소적 가치를 지닌 명품으로 끌어올리자.

그저 흔한 스토리가 아닌 나만의 개성이 담긴 히스토리를 만들어

나답게 삶이라는 연회를 즐겼으면 좋겠다.

나의 태도 점수는?

홈쇼핑 채널을 잘 보지 않지만 가끔 볼 때가 있다. 쇼 호스트의 맛깔스러운 입담과 재치는 구매 욕구에 방아쇠를 당긴다. 홀린 듯 나도 모르게 하단에 보이는 전화번호를 누른다. 매진될까 봐 초조하기까지 하다. 거기엔 구매심리를 한껏 부추기는 쇼 호스트가 있다. 그녀는 '매진의 여왕'이라 불린다. 완판 신화를 기록하며 연봉 수십억을 받고 업계에서 제일 잘 나간다. 그런 그녀가 요즘 욕설방송으로 화제가 되며 곤혹을 치르고 있다. 곤혹을 치르고 있는 건 욕을 해서가 아니다. 불편감을 드러냈던 네티즌들에게 했던 태도이다.

나를 유독 싫어했던 고등학교 때 선생님이 생각난다. 그래서 나도 그 선생님이 싫었다. 근데 지금 와서 생각해보니 나의 태도에 문제가 있었다. 권위자에 대한 반항심으로 태도가 좋았을 리 없다. 선생님 입장에서 나는 버릇없는 반항아로 보였을 것이다. 자신감을 넘어선 교만과 경솔함으로 자기가 뭐 대단한 사람인거 마냥 행세하는 꼴이었으리라. 그런 오만불손함은 인생방망이를 몇 번 두드려 맞고 나서야 정신을 차리게 되었다. 참 많이 부끄러운 자화상이다. 아무리 내면이 중요하다고는 하지만 보이는 태도로 품격이 결정된다는 누군가의 말에 나는 동의한다. 아주 사소한 태도 하나로 그 사람 자체가 평가되기도 한다. 불과 3초 이내로 말이다.

프랑스 사상가 폴 발레리가 했던 말이 떠오른다. '인간이 불행한 이유는 자동차 브레이크처럼 사고를 차단하거나 막아내는 안전장치가 없기 때문이다.'라고 말이다. 너무 잘 나간다 싶으면 브레이크를 한 번씩 밟아줘야 하는데 그게 쉽지 않다. 가속도의 짜릿함은 우리의 전두엽을 마비시킨다. 독일의 연극연출가 라인하르트는 "우리를 인간답게 만드는 것은 자아도취가 아니라 타인과의 관계다."라고 말하며 타자를 만나는 최상의 방법은 친절과 책임 있는 태도라고 강조했다.

『태도가 능력이 될 때』의 저자 야스다 다다시는 태도를 사람과 사람 사이의 보이지 않는 유대를 연결하는 힘이라고 했다. 좋은 태도는 일과 관계의 모든 면을 두루두루 살피는 것이라고 하였고, 자신이 누군가에게 부정적인 영향을 미치지는 않았는지 점검하는 것은 매우 중요한 태도라고 강조했다. 세계적인 리더십 전문가이자 목사인 존 맥스웰은 태도란 마음속의 느낌이 겉으로 표현되는 것이라고 하였다. 어려움에 직면했을 때의 태도는 그 사람의 진면목을 드러내고 그러한 태도가 삶의 차이를 만든다는 것이다.

다산 정약용은 유배지에서 자식들에게 이렇게 당부했다. "항상 심기를 화평하게 가져 중요한 자리에 있는 사람들과 다름없이 하라." 그가 말한 '愼獨'이라 쓰인 액자는 십수 년 전부터 내 책상 앞에 있다. 매사 나의 태도를 살피게 하는 안전장치다. 타인과 더불어 살아갈 수밖에 없는 우리는 남들에게 보이는 태도뿐 아니라 혼자 있을 때의 마음가짐도 무엇보다 중요하다. 그것은 나도 모르게 몸에 배어 태도로 드러나기 때문이다. 많은 상황에서 태도는 우리를 지키는 무기가 되기도 하고 나락으로 떨어뜨리기도 한다. 상황에 대한 통제권은 없을지라도 어떤 태도를 취할 것인지에 대한 선택권은 나에게 있다. 그 선택이 우리의 품격을 결정한다.

예전에 지인이 했던 말이 떠오른다. 사원 면접을 볼 때 문을 열고 들어와 면접관들 앞에 앉을 때까지의 태도에서 이미 어느 정도 판가름이 난다는 것이다. 말하기 전인데도 말이다. 그러고 보니 내가 의식하지 못하는 사이 나의 태도가 누군가에게 끊임없이 평가되고 있는지도 모르겠다는 생각이 든다. 욕설방송 태도 논란으로 징계를 받은 쇼 호스트를 보며 태도가 얼마나 중요한지 새삼 느끼게 되었다. 남을 크게 신경 쓰지 않는 솔직 당당함이 좋았는데 그런 자신의 태도가 누군가에게는 불편감이나 불쾌감을 줄 수도 있다는 것을 미처 생각하지 못한 것 같다. 그녀를 보며 평소 직설적이고 다소 저돌적인 나에게도 다른 사람들을 불편하게 하는 경솔함은 없었는지 되돌아본다. 우리는 타인들의 태도를 판단하고 평가하는 데 더 능숙하다. 타인에게로 향했던 레이더망이 나에게 향해서 객관적으로 나를 관찰하게 된다면 나의 태도 점수는 몇 점을 줄 수 있는가? 일상에서 나의 태도를 관찰할 수 있는 휴대폰 기능이 개발되었으면 좋겠다.

날라리 심리치료사의 마음건강식단 레시피

질주가 탄력 받았을 때 더 새겨야 할 말이 있다.

노자는 『도덕경』에서 이렇게 말한다.

"여與함이여, 겨울 시냇물을 건너듯이.

유猶함이여, 너의 이웃을 두려워하듯이."

겨울에 시내를 건너는 것처럼 신중하고,

사방에서 나를 엿보는 것처럼 살피라는 것이다.

여유를 가지고 나를 살피자.

홀리는 가짜 맛, 되짜 맞는 진짜 맛

얼마 전 템플스테이를 갔다. 공양간에 심쿵한 식사기도문이 붙어 있었다.

이 음식이 어디서 왔는가.

내 덕행으로는 받기가 심히 부끄럽네.

마음의 온갖 욕심을 버리고

육신을 지탱하는 약으로 삼아

진리를 실현하고자 이 공양을 받습니다.

이 기도문을 보니 숙연한 마음이 들었다. 룸메이트에게 음식이 달리 보인다고 말했다. 불심 깊은 룸메이트는 말했다. 우리 몸은 다른 생명을 먹어야만 지탱할 수 있다고. 내가 살아 있다는 사실은 그만큼 다른 생명들에게 신세를 지고 있다는 의미도 된다고 말이다. '그래 모든 먹거리는 원래 생명체가 있는 거지.' 속으로 생각했다. 불교에서는 음식을 맛으로 먹지 말고 약으로 받아들이라고 가르친다. 음식의 맛을 탐하기보다 어떻게 하면 내 정신을 지키고 육체를 잘 다스릴지를 생각하며 신중하게 입에 넣으라고 가르친다.

사찰음식 전문가인 대안 스님은 이렇게 말했다. "몸은 자신을 담는 그릇이라는 것을 잊지 말라. 자기 스스로 만족하는 몸을 얻고 싶다면 자신의 먹을거리부터 돌아보아야 할 것이다." 인스턴트 혁명시대에 먹거리로부터 건강을 위협받는 우리들이 꼭 새겨들어야 할 말이 아닌가 싶다.

『식탁 위의 쾌락』의 저자 하이드론 메르클레는 혀에 당긴다는 이유로 아무거나 먹는 사람은 고귀하지 않으며 미식은 탐식의 적이라고 강조했다. 진정한 귀족은 제대로 된 좋은 음식을 가려 먹을 줄 아는 자라고 했다. 식욕을 다스리며 절제하는 능력은 한 사람의 품격을 가늠하는 잣대라고 한다. 하지만 달고 기름진 먹거리가 넘쳐 나는 시대에 온전한 식습관을 갖기란 너무도 어렵다. 사람들을 만나면 늘 기름진 풍성한 먹거리도 함께 따라온다. 대개 스트레스를 받으면 자극적인 음식으로 감정을 해소하려고 한다. 음식으로 심리적 결핍을 메우려는 이들은 식이장애로 고통받기도 한다.

나는 120살까지 살 거라고 공공연히 떠들고 다닌다. 근데 생각해보니 식습관을 고치지 않고는 120살은커녕 80세도 넘기기 힘들 거 같다는 생각이 들었나. 빵을 너무 좋아해서 빵순이로 불렸던 나에게 한의사는 이렇게 충고했다. "차라리 산에 가지 말고 빵을 끊으세요. 그게 훨씬 더 건강에 좋아요." 아무리 운동을 열심히 해도 밀가루와 설탕을 멀리하지 않으면 건강에서 점점 멀어진다는 것이다. 각종 MSG와 첨가물, 온갖 향신료에 익숙해진 우리는 바닐라가 뭔지도 모르면서 바닐라 맛을 느끼고, 산딸기를 먹어 본적이 없는데 산딸기 맛 음료나 과자를 즐긴다. 가짜 맛에 점점 익숙해지고 있는 우리 몸은 진짜 맛을 필요로 한다는 사실을 잊고 살아갈 때가 많다.

어느 날 딸에게 소울 푸드가 뭐냐고 물어봤다. 망설임 없이 "당연히 치킨이죠."라고 대답했다. '이런 치킨이 소울 푸드라니.' 치킨배달이 임박할 때면 늘 이렇게 외친다. “치느님 영접할 시간이다.” 나는 웃지 못할 농담을 건넸다. “닭은 좋겠다. 죽고 나서도 신 대접을 받으니.” 내 딸이 그토록 사랑하는 프라이드치킨은 원래 미국 남부 농장 노예들의 음식이었다고 한다. 살이 많은 부위는 주인들이 먹고, 노예들은 살이 없는 부위들을 모아 기름에 튀겨 먹었다고 한다. 기름지고 열량이 높은 닭튀김은 힘든 육체노동에 시달리는 이들에게 값싼 영양식이었을 것이다. 그런데 요즘 어린 친구들은 기름지고 열량 높은 패스트푸드를 소울 푸드라고 하며 필요 이상 너무 많이 섭취한다. 고열량으로 심리적 허기를 채우고 정해진 시간이 아닌 그저 입이 헛헛할 때는 첨가물 가득한 군것질을 수시로 한다. 가짜 맛에 길들여진 입맛은 몸에 이로운 것은 맛이 없다고 멀리한다.

코로나가 장기화되면서 배달식이 늘어나고 패스트푸드 같은 간편식 의존도가 높아졌다고 한다. 이렇게 식사를 대충하고 내가 먹는 음식이 어떤 재료로 만들어졌는지 궁금해하지 않는다고 하여 음식 문맹시대라 불리기도 한다. 공산품을 구입할 때는 많은 고민을 하지만 정작 먹거리에 대해서는 그만큼 고민을 하지 않는다. 요즘은 음식을 조리하는 게 아니라 조립한다는 우스갯소리도 있다. TV에서 가정의학과 전문의는 이렇게 말한다. “음식의 성분들은 호르몬의 구성원소가 될 뿐 아니라 호르몬을 조절할 수 있게 합니다. 또 안에 있는 음식은 우리 몸에 있는 장내 미생물의 구성도 바뀌게 합니다." 이는 우리 몸으로 들어가는 음식이 몸의 건강뿐 아니라 정서에도 깊은 관여를 한다는 사실을 알 수 있다. 정서는 행동에 영향을 미친다. 사실 머리로는 알고 있지만 바쁜 일상을 살아가며 이것들을 일일이 염두에 두고 음식을 대하지 못할 때가 많다. 그날의 기분은 음식의 선택에 지대한 영향을 미친다. 안 좋은 걸 알면서도 자극적인 해로운 음식으로 스트레스를 풀려고 하는 행동패턴이 우리를 지배한다. '먹는 음식이 바로 당신이다.'라는 말도 있다. 내 몸으로 들어갈 먹거리에 대한 깐깐한 고민은 매우 바람직한 것으로 여겨진다.

예전의 나는 맛있는 곳을 찾아다니는 자칭 미식가였다. 여기저기 두루두루 맛집들을 섭렵하며 음식을 즐겼다. 그런데 이상하게 시간이 지날수록 음식 먹는 것이 즐겁지가 않았다. 비싸고 화려하지만 포만감이 느껴지지 않았고 다음 날에도 개운하지가 않았다. 이번에 템플스테이를 가서 사찰음식을 먹으며 '그래 바로 이거야.'라는 생각이 스쳤다. 자연의 일부인 우리는 자연의 맛을 흡수해야 하고 한국 사람은 한국정서가 담긴 음식을 먹어야 한다는 소소한 깨우침이었다. '소울 푸드'란 그런 것이 아닐까? 정서적 안정과 편안함, 심리적 포만감을 주는 그런 음식 말이다. 그리운 고향의 맛, 엄마의 따뜻한 정서가 느껴지는 맛, 조미료를 쓰지 않는 자연 그대로의 맛은 뭔지 모를 에너지와 활력을 준다. 더 이상 나를 홀리는 매혹적인 가짜 맛에 끌려다니지 않기로 했다. 스트레스를 풀기 위해 자극적인 음식을 재촉하지 않을 것이며 일시적 만족을 위해 나의 소중한 건강을 내어주지 않을 것이다. 어쩌다 한 번의 예외적 상황은 빼고 말이다.

'헥시스(hexis)'란 '습관'을 일컫는 고대 그리스어다. 이것은 생각 없이 그냥 하던 습관대로 하지 않고 내 습관이 올바른지 계속 따져 묻는 자세를 뜻한다고 한다. 특히 음식 앞에서 이러한 습관은 더더욱 필요한 것 같다. 음식이 풍요롭다 못해 범람하여 위기가 느껴질 정도의 시대에 살고 있다. 이제는 내 몸에 들어가는 음식에 대한 사색과 질문을 해야 한다.

소중한 나를 가꾸어줄 진짜 맛 음식들에 애정을 담아 천천히 곱씹으며 우아한 식사를 즐기는 내가 아름답지 않은가.

날라리 심리치료사의 마음건강식단 레시피

먹기 명상

마음챙김은 인간의 번뇌를 다루는 수행과정으로

그 효과가 과학적으로 증명되면서 현재는 매우 다양하게 활용되고 있다.

'먹기 명상'은 말 그대로 먹는 행위를 하며 명상을 하는 것이다.

우리는 누구나 매일 먹는 것을 반복한다.

하지만 음식을 입에 넣기 전 내 몸으로 들어갈

음식에 대한 사색을 하기란 쉽지 않을 것이다.

'먹기 명상'을 통해 음식을 입에 넣어 씹고,

삼키는 행위의 과정 하나하나에 주의를 기울여 천천히 먹어보는 것이다.

'먹는 행위'를 하며 지금 이 순간을 온전히 나의 감각에만 집중해보자.

일주일에 한두 번만이라도 꼭 실천해보기를 권한다.

유기농 글 밥상

글을 쓰고부터 작은 변화가 생겼다. 무언가를 자세히 살피고 누군가의 말을 열심히 엿듣는 것이다. 어슬렁거리는 습관도 생겼다. 굶주린 하이에나가 먹잇감을 찾아 어슬렁거리듯 글감을 찾아 여기저기 기웃거려 보기도 한다. 무언가를 보다가 이거다 싶으면 물고기 한 마리가 찌에 걸린 낚시꾼처럼 냅다 낚아챈다. 그러고 보니 그동안 나는 참 많이 무심하고 폐쇄적이었다. 이어폰을 습관처럼 끼고 나만의 세계에 도취되었고 언제부턴가 '함께'라는 것이 불편해 혼자를 고수했었다. 글을 쓰기 시작하면서 사물을 대하는 태도를 바꾸었다. 찬찬히 살피고 뜯어보고 귀를 기울여 본다. 전에 없던 애틋한 마음은 주변으로 번져 몽글몽글 피어오름이 느껴진다.

폴 틸리히는 『존재의 용기』에서 창조적인 예술가가 꼭 될 필요는 없지만 독창적인 창작물에 의미 있게 참여할 수 있는 능력은 반드시 지니고 있어야 한다고 했다. 대상에 변화를 가져오는 가장 뛰어난 예가 언어의 창조적 변화라고 그는 말한다.

창조적인 시인들의 언어유희, 작가들의 언어 속 세상과의 상호작용을 통해 많은 이들이 그 속에서 의미를 찾고 자신을 긍정하고 성찰하게 된다. 그러고 보면 글을 쓴다는 건 참 매력 있고 고급스러운 삶의 또 다른 유희인 것 같다.

하이젠버그가 말하는 양자역학의 '불확정성의 원리'도 글쓰기의 원리와 비슷한 것 같다. 양자계는 우리 시각 영역을 벗어난 아주 작은 미시세계를 말한다. 관찰하는 조건이 달라지면 양자(미시)세계는 다르게 반응한다는 것이 양자역학의 핵심이다. 관찰을 하는 순간 대상은 수많은 의미와 해석으로 변화가 일어난다. 관찰하는 주체가 관찰되는 객체를 변하게 하는 것이다. 내가 무엇을 보려고 하는 것도 조건이기 때문에 어떻게 보는지에 따라 대상은 창조적 변화를 가져온다. 결국 내가 대상에 어떤 의미를 부여하고 해석하느냐의 문제다. 관찰하는 이의 의미와 해석은 창발적 능력과 연결될 것이다.

어제 도서관을 갔다. 평소 잘 읽지 않는 에세이를 보았다. 가벼운 비장함을 가지고 글을 썼을 작가를 떠올리며 읽어 내려갔다. 끈기를 가지고 읽다 보니 의외의 소소한 재미가 느껴졌다. 한 번씩 안타를 치는 문장들도 있었다. 갑자기 내 마음을 들킨 것 같은 뜨끔한 문장들도 있었다. 방심하다 훅 하고 한번씩 치고 들어오는 문장은 훔치고도 싶었다. '아 이 문장 내 글로 몰래 훔쳐오고 싶다.'라는 마음도 일었다. 어느 작가님이 말했다. "글은 남의 글을 내 것으로 소화해 그것을 내 느낌으로 다시 드러내는 것"이라고 말이다. 그래서 글을 쓴다는 것은 기존의 것을 가지고 나만의 새로운 언어를 탄생시키는 것이라 생각된다. 꽤나 매력적으로 다가온다. 익숙한 음식에 신선하고 특별한 재료를 더해 색다른 요리로 변모된 음식은 더 즐길 맛이 날 것이다. 또 하나의 매력은 삶 속의 또 다른 하위적 삶을 글로 살아간다는 것이다. 그것은 오롯이 나 혼자만 즐기는 은밀하고도 짜릿한 시간임이 분명하다. 아직은 잘 모르겠지만 그 시간이 주는 맛에 빠지면 글감의 포로가 되는 것을 기꺼이 마다하지 않을 것 같다.

글감의 포로가 되면서 부지런을 떨었던 패턴들이 조금씩 바뀌고 있다. 어슬렁거리고 빈둥거리고 게으르게 나무늘보를 흉내 내고 있다. 아이들이 양말을 뒤집어 벗어 놓을 때마다 내 속도 함께 뒤집어졌다. 가만히 뒤집어진 양말을 관찰했다. 한참을 들여다보니 그 양말을 신고 하루를 살았을 아이의 모습을 상상하게 된다. 양말을 신고 씩씩하게 걸어 다녔을 아이의 건강에 새삼 감사가 느껴진다. '양말이 왜 뒤집어지면 안 되는 거지? 꼭 안 뒤집혀 있으란 법은 없잖아. 이대로 빤다고 무슨 문제가 생기는 것도 아닌데. 나중에 신을 때 다시 뒤집어 신고 가겠지. 근데 또 뒤집어 신으면 어때. 뭐가 문제야.' 이런 생각이 꼬리에 꼬리를 물으니 괜스레 머쓱해진다. 이렇듯 글을 쓴다는 건 당연한 것들에 대한 뒤집힘, 뻔한 것들을 뒤집어 꼬리에 꼬리를 무는 사색이 아닐까 싶다.

딸이 식사를 하고 난 식탁 밑은 늘 지저분하다. 바닥을 닦고 난 걸레를 한참 들여다보았다. 먹다 흘린 음식물, 먼지들이 뒤엉켜 있었다. 도가사상에 나오는 '화광동진(和光同塵)'이라는 말이 떠올랐다. 자기 빛을 다른 흙먼지들과 함께 펼쳐 같은 수준으로 만들어버린다는 것을 의미한다. 빛나되 그 빛이 다른 하찮은 먼지들과 조화를 이루어 자신을 내세우지 않고, 다르되 더불어 같아짐의 뜻을 담고 있는 것으로 해석이 된다. 걸레를 보며 그 의미가 주는 심오함에 한없이 빠져들었다. 다른 먼지들과 다르다는 나의 오만함, 다른 먼지들을 떼어내려는 우월한 차별의식, 다른 먼지들과 섞이지 않으려 했던 교만심. 나는 먼지 묻은 걸레와 뭐가 다른가. 어쩌면 그것은 또 다른 나를 비추는 거울일 텐데. 그동안 깨끗함을 강조하며 살았던 내가 또 머쓱해진다. '지저분한 게 뭐가 문제야. 왜 꼭 깨끗해야 하지?' 깨끗했다면 깨닫지 못했을 통찰을 지저분함 덕분에 얻었다. 이렇듯 글을 쓴다는 건 삶이라는 모순을 아름답게 품는 작업이 아닐까 싶다.

집안을 어슬렁거리니 전에는 눈에 들어오지 않았던 것들이 전경으로 들어온다. 작은 화초의 이파리 끝이 살짝 누렇게 변해 있다. 못질을 못해 한 구석에 방치된 액자가 처량하다. 옆으로 퍼지지 못하게 조여맨 수초들이 답답해 보인다. 괜히 미안한 마음이 든다. 거실 밖 연초록 나뭇잎들이 소심히 살랑거린다. 딱 이때 아니면 못 보는 색감이기에 실컷 봐두련다. 만개한 벚꽃과 개나리로 눈 호강을 한다. 어린이집 아기들이 나와 풀밭을 거닌다. 마치 삐악대는 병아리들 같다. 엄마미소가 번진다. 가장 느린 셔터스피드 시선에 담긴 풍경은 익숙한 듯 낯설다. 이렇게 거실 밖 풍경에 머물러 밖으로 흩어지고 향하려 하는 나의 기운을 지금 이곳에 실컷 붙잡아 두련다. '무엇을 하기'보다 '무엇을 안 하기'로 작정하고 오늘은 이렇게 어슬렁거리게 빈둥거리려 한다. 아직 알 속에서 작가를 꿈꾸고 있는 예비 작가는 감히 그렇게 말하고 싶다. 작가는 명상하는 사색가라고.

셰익스피어의 『맥베스』에서 맥베스가 "인생은 온갖 소음으로 가득한 무의미한 이야기…."라고 했던 것처럼 세상은 무수한 소음과 각종 잡음으로 가득 찬 헛된 곳이라 여기며 한때는 속세를 떠나고 싶은 마음도 간절했었다. 이제는 소음과 잡음들 사이의 의미 있는 소리를 발견하는 기쁨이 뭔지 어렴풋이 알 것 같다. 내 안에서 확연히 예전과 다른 반대의 에너지가 느껴진다. 반대성향은 어쩌면 이미 내 마음에 있었는지도 모른다. 좀 더 따뜻한 마음으로 세상의 먼지들과 더불어 그 간극들을 좁혀 가리라 다짐해본다. 그동안 받는 것에 더 익숙해 있었다. 이제는 신세진 타자들을 향한 베풂의 마음으로 그들이 전하는 소리에 더 귀를 기울이리라. 그렇게 더불어 조화롭게 존재하는 것들에 슬며시 조심히 묻어가야겠다는 생각을 해본다. 그리고 좀 더 은밀하게 소리를 탐하고 글감을 욕망하게 되었다. 탐한 소리와 욕망한 글감으로 글 밥을 지어 대접하고 싶다. 훔치듯 가져온 소리와 글들을 내 경험과 감각으로 다시 잘 씻고 다듬어 재미와 감동의 맛이 나도록 버무려내고 싶다.

그저 마음 따라 움직인 투박하고 거칠고 가공되지 않은 글을 차려내고 싶다. 한결같지 않은 투박하고 거친 유기농 글감으로 건강하고 담백한 글 밥상을 차려내는 자연식 유기농 작가가 되고 싶다. 내가 먹고 싶은 음식만 차려내는 나만을 위한 글 밥상이 아니라 다른 사람을 위해 정성스럽게 준비한 건강한 글 밥상을 대접하고 싶다.

글을 쓰며 나와 더불어 함께 존재하는 모든 것에 공감이 더욱 깊어질 수 있기를.

날라리 심리치료사의 마음건강식단 레시피

책은 읽는 것이 아니다.

행간에 머무르고 거주하는 것이다.

– 발터 벤야민

행간에서 독자들이 옴짝달싹 못 하는 글을 쓰고 싶다.

한번 빠져들면 헤어 나오기 힘든 그런 행간 말이다.

나의 영원한 오라버니, 니체의 행간처럼.

저마다의 행간에 머물러 뻔한 일상에 잠시 균열을 내어보자.

낯설도록 익숙하게

이른 비행기를 타기 위해 공항 근처 숙소를 알아보다가 문득 생각했다. '올해 목표가 안 해본 것 도전하기인데 공항노숙을 해볼까?' 체력테스트도 해볼 겸 공항노숙을 결정했다. 혼자서 텅 빈 공항을 활보하는 상상을 하며 밤 12시 넘어 도착했다. 그런데 공항 풍경은 내 예상과 달랐다. 이른 휴가철이라 그런지 꽤 많은 사람들이 공항노숙을 벼르고 있는 듯 했다. 담요까지 가져와 이미 자리 잡고 누워 있는 이들도 있었다. 나에겐 큰 용기가 필요했던 도전이었는데 그들은 너무도 자연스럽고 익숙해 보였다. 뭐든 처음은 불편하고 어색하다. 하지만 반복된 경험은 익숙함이 되고 우리 몸은 자동적 반응을 하게 된다. 사람들을 보니 나처럼 초보노숙자와 베테랑 노숙자의 차이가 느껴졌다. 어떤 사람은 내 집 침대에 누워 있는 듯한 편안함으로 휴대폰을 들여다보았고 등받이에 기대어 있는 어떤 이는 어딘지 모르게 경직되고 불편해보였다.

연극연출가 스타니슬랍스키의 『배우교육』을 보면 그가 어떻게 배우들을 훈련했는지 자세히 나온다. 미친 사람처럼 깔깔 웃고 소리 지르고 개처럼 짖어보고 통곡하는 등의 이전에 해보지 않은 행동을 시도하도록 했다. 분석하거나 생각이 허용되지 않는다. 그럴수록 수행은 더 어려워진다. 주저하지 않고 대담하게 해보는 것이 관건이다. 그는 이것을 '내적인 곡예술'이라고 하였다. 처음에는 상당히 어색하고 창피하고 부자연스럽다. 이전의 나의 모습은 내던져야 한다. 진지한 이성이나 평범한 일상의 논리로는 사실 수행내기가 어렵다. 과감하게 한 번씩 파격적으로 나를 내던지게 되면 그다음에는 좀 더 수월해진다. 스타니슬랍스키는 역할에 대한 이성적인 분석 이전에 무대적 순진성과 자신의 상상을 진실로 믿는 어린아이와 같은 대담성과 적극성을 가지라고 강조했다. 살아오면서 나도 모르게 만들어진 틀을 깨기 위해 그는 어린아이와 같은 순진성을 강조했다. 그래서 어린아이놀이(나무 쌓기 놀이, 인형놀이, 말 타기 놀이,

기차놀이 등)를 배우트레이닝에 도입하기도 했다.

이러한 훈련은 실제 삶이라는 무대에서 다양한 역할을 살아내야 하는 우리에게도 필요한 것이다. 예측하지 못한 상황이나 변화에 유연하고 순발력 있게 대처하려면 말이다. 새로운 시대의 새로운 문제는 새로운 해결방법이 필요하다. 기존의 낡은 관념이나 틀을 깨고 불편하지만 새로운 것들을 끊임없이 합류시키려는 의지적 노력이나 훈련은 꼭 필요하다고 본다.

이것을 위해 어린아이와 같은 놀이정신은 무엇보다 중요하다. 성숙한 인간이고 싶지만 철들고 싶지 않은 나의 내적 모순도 이 때문이다. 어린아이들은 내적 틀이 덜 견고하기 때문에 편견 없이 세상을 탐험하고 낯선 이들과도 금방 친해진다. 재고 따지고 남 신경 쓰느라 제대로 행위를 할 수 없는 어른과 다르다. 어떤 상황에서도 놀랍도록 놀 것을 찾아낸다.

우리의 삶에서도 놀이하는 어린아이처럼 순진성과 호기심을 찾는다면 우리는 좀 더 내 삶의 무대를 행복하게 즐기는 배우가 되지 않을까?

익숙한 것의 자동적 사고와 반응은 습관이 되어 본성이 되기도 한다. 매번 알아차리려는 노력 없이는 자각하기 힘들다. 이렇게 습관이 무섭다. 우리 삶을 지배하는 익숙한 습성들을 벗어나기란 여간 힘든 것이 아니다. 혼자만의 노력만 가지고 되는 것도 아니고 여건이나 환경이 받쳐주어야 가능한 것들도 많다. 남다른 방식의 수행을 원했던 사람들이 오죽하면 부모 자식 인연을 끊고 출가를 했을까. 그만큼 익숙한 습성을 바꾸는 것은 쉽지 않다.

지독한 습성의 고리를 끊고 새로운 습관의 길을 터주려면 내가 살아오며 익숙해진 작동방식들을 점검하고 정리할 필요가 있다. 그것은 낯설고 불편하고 때로는 두렵기도 할 것이다. 하지만 익숙함을 빗어난 낯선 경험들 하나하나가 '또 다른 나'를 알아가는 소소한 사건들일 수 있다. 그러한 사건 하나하나가 타성의 번데기를 탈피한 나비의 힘찬 날갯짓이 될 수도 있지 않은가. 나에게 '낯섦'이란 의미는 안주하려는 나로부터의 탈피이고, 살아오며 견고하게 다져진 프레임을 벗어나는 일이다. 익숙한 프레임 안에 안주하지 않으려는 것은 구태의연하거나 진부하고 싶지 않기 때문이다.

체코의 철학자 카렐 코지크는 '친숙함은 인식의 장애'라고 말했다. 우리에게 공기처럼 익숙한 것은 새로운 깨달음을 주기 힘들다고 그는 말한다. 익숙함을 벗어난 낯선 길은 내 안의 또 다른 절친을 만나게 한다. '지킬박사와 하이드'에 나오는 하이드일 수 있고 '슈퍼맨'처럼 나의 한계를 넘어선 영웅일 수도 있다. 얼마 전 도쿄에 갔다. 핫플에서 경험한 최신 트랜드는 어색하고 낯설고 보는 자체로 불편하기까지 했다. 화려한 하라주쿠 거리 한복판에서 이방인이라는 낯선 신분으로 익숙한 나를 유기했다. 형형색색 염색을 하고 화려한 부츠를 신은 난해한 누더기 패션의 어느 젊은이들 속에 둘러싸여 있었다. 그렇게 낯선 땅, 낯선 무리 속에서 요동치는 내적 곡예술을 치르며 새롭게 나를 감각했다.

날라리 심리치료사의 마음건강식단 레시피

나에게 익숙한 프레임을 벗어나는 것이란?

저자는 문구용품을 무척 좋아한다.

한 번씩 문구점에 들러 새로운 문구용품들을 사 모으는 소소한 낙이 있다.

내일은 가보지 않았던 도서관을 갈 것이다.

아주 사소하고 소소하지만 매일 새로운 경험을 해보자.

익숙한 프레임을 벗어나는 건 거창하지 않다.

오늘 저녁 산책은 뒤로 걸어볼까?

은밀하게 쾌락하기

일탈

딴따라를 갈망하다

아이돌 가수를 꿈꾸는 여중생과 엄마가 싸우다가 찾아왔다. 엄마의 바람은 아이는 머리도 좋고 성적도 우수해서 좋은 대학에 가서 안정된 직장을 갖는 것이었다. 또 자신이 볼 때 그 분야로는 전혀 재능이 없는데 보컬과 댄스학원에 들이는 비용을 낭비할 수 없다는 입장이었다. 아이의 입장은 자기가 하고 싶은 것을 무조건 부정적으로 받아들이는 엄마를 이해하지 못했다. 왜 하고 싶은지 이유를 물으니 춤추고 노래할 때가 가장 행복하다고 했다. 가장 좋아하는 아이돌 가수는 방탄소년단이었고 팬클럽 '아미' 우수회원으로 그들의 모든 것을 속속들이 꿰뚫고 있었다. 나도 방탄의 〈다이너마이트〉에 한참 빠져 있을 때였고 우리는 함께 뮤비를 보며 멤버 한 명 한 명의 매력과 특징에 대해 열을 올려 이야기했다. 그녀는 방탄의 노래와 춤을 모두 꿰뚫고 있었다. 아이의 엄마는 그 열정을 공부에 쏟으면 1등 하고도 남을 것이라고 한탄 했다. 하지만 어쩌겠는가? 관심사와 달란트가 모두 다른걸.

나도 학창시절 가수가 되고 싶어 기획사를 찾아 다녔던 적이 있다. 연예인이 되고 싶은 아이들에게 나의 경험담을 들려주기도 한다. 타고난 소질 없이 학원에서 갈고닦은 실력으로 평범한 아이들보다는 좀 더 잘하는 친구들은 차고 넘쳐 난다. 치열함의 끝판왕인 이 바닥에서는 돋보여야만 살아남는다. 남들에게 없는 나만의 매력을 찾지 못한다면 애당초 꿈도 꾸지 말라는 돌직구를 날리기도 한다. 왜냐하면 마치 기계가 찍어낸 듯 '뛰어난 실력을 갖춘 개성 없는 지망생'들이 너무나 많기 때문이다. 노래와 춤 실력은 기본이지만 그 기본이 잘 갖추어져 있다고 해서 가수가 되는 것은 결코 아니다. 요즘 오디션의 추세는 남들에게 없는 나만이 가지고 있는 그 무엇으로 어필해야 한다는 것이다. 어린 친구들의 경우는 현재의 실력보다는 가능성에 중점을 두기 때문에 심사하는 사람이 "재 뭐지?"라고 궁금증을 유발할 수 있도록 하는 새로운 캐릭터와 전략이 필요하다. 근데 내가 봐도 그 아이는 너무 평범했고 도무지 끼와 재능은 보이지 않았다. 하지만 본인이 그토록 원한다고 하니 하고 싶은 것은 해봐야 한다고 하며 도전하고 부딪쳐 보라고 격려했다.

재능의 여부와 상관없이 아이들이 스타를 꿈꾸며 땀과 눈물과 열정을 바친다. 그들은 일단 '딴따라의 끼'는 어느 정도 가지고 있다. 그 끼는 업으로 삼아도 될 만큼의 광기인지 멋이 잔뜩 들어간 장기수준인지 구분이 된다. 내 경험으로 대다수의 친구는 돈과 인기, 명성이 이 직업을 가지고 싶은 가장 큰 이유였다. 그 중 천부적 재능을 보이는 아이들은 역할에 대한 순간 흡입력이 강력하고 겉멋이라는 MSG의 맛이 느껴지지 않는다. 그들은 그것을 업으로 삼아야만 하는 운명을 가지고 태어난 듯하다. 하지만 여전히 어중간한 실력으로 시간과 돈과 열정을 쏟아붓는 연예인 지망생들이 너무나 많고 이를 답답하고 안타깝게 지켜보는 부모들이 있다. 하지만 어쩌겠는가. 본인이 몸소 시행착오를 겪고 스스로 깨닫게 하는 방법밖에는 답이 없다. 인생 먼저 살았다고 조언을 아무리 해주어도 결국 내가 실패를 경험해 보고 스스로 깨닫기 전에는 누구의 말도 들리지 않는다.

문득 내 어린 시절이 생각났다. 친구들과 어울려 노는 것도 좋아했지만 홀로 산속에서 시간을 주로 보냈다. 나만의 아지트에서 마음껏 상상의 나래를 펼쳤다. 어린 나는 자연이 준 무대에서 딴따라를 꿈꿨다. 드라마 속 비련의 여주인공이 되어 연기를 했고, 나뭇가지를 손에 들고 목청껏 노래를 불렀다. 꿈이 뭐냐고 물어보면 1초의 망설임도 없이 "가수요." 라고 대답했다. 아빠의 권유로 바이올린을 열심히 배운 적도 있지만 별로 재미가 없었다. 내가 관심 있는 악기는 드럼이나 기타였다. 클래식보다는 락에 끌렸다. 세련된 절제미보다는 거칠고 폭발적 사운드에 끌리고 열광을 하는 걸 보면 내 안에도 딴따라의 피가 흐르고 있음이 분명하다. 고등학교 시절 밴드활동을 하다가 아빠가 알게 되어 포기를 해야 했다. 딴따라는 무조건 반대하셨고 그냥 노는 애들과의 쓸데없는 짓거리로 취급하셨다. 당시 연예인을 꿈꾸었던 나는 공무원을 고집하는 아빠의 반대로 꿈이 좌절되었다.

인간을 움직이게 하는 힘은 논리적이고 합리적으로 설명할 수 없는, 피가 끓는 대로 즉 본능에 의한 끌림이 더 강력하다. 무언가에 몰두하고 싶은 욕구는 합당한 이유와 근거로 설명되어지는 것이 아닌 내 안의 행위갈망에 대한 목마름이고 이 목마름이 우리가 원하는 곳으로 이끈다.

세월이 흐르고 보니 딴따라가 되지 않은 것이 다행이라는 생각이 들기는 하지만 그토록 바라는 것을 무턱대로 반대만 했던 아빠의 분노는 꽤 오래갔다. 부모는 자녀가 무엇을 할 때 몰입하고 흥미를 가지는지 알아야 하고 잘 하는 것을 하도록 돕는 것이 최우선이다. 분명 재능과 소질이 있음에도 불구하고 부모의 다른 욕구나 가치관으로 그것을 막지 않았으면 좋겠다.

딴따라를 갈망하고 무대에 목말랐던 나는 결국 취미로 딴따라의 길을 걷고 있다. 오히려 직업보다 취미로 즐길 수 있다는 것이 디 헹복하다. 밴드활동은 내 삶에 희열과 전율과 설렘을 안겨준다. 연습을 마치고 집으로 오는 길 〈crazy train〉를 들으며 누가 보든 말든 현란한 사운드에 심취해 그루브에 몸을 맡기고 리듬과 나는 하나가 된다. 그런 난 어중간하지만 뼛속까지 딴따라.

날라리 심리치료사의 마음건강식단 레시피

내가 시간 가는 줄 모르게 몰입하는 것은 무엇인가?

나에게 설렘을 주는 활동은 무엇인가?

그것을 하자. 취미든, 직업이든.

딴짓해!

아침을 먹다가 딸아이가 묻는다.

"엄마 대학교는 꼭 가야 돼요?"

"꼭 갈 필요는 없지. 근데 왜 물어?"

"공부가 너무 재미없어요. 수업시간이 힘들고 지루해요."

"그럼 딴짓해! 엄마는 소설을 썼어."

갈릴레이는 지루한 설교시간에 딴짓하다가 '진자의 등시성'을 발견했다. 틀에 박힌 교육방식이 싫어서 무례한 행동으로 교실을 벗어나려 했던 아인슈타인은 수업시간에 딴짓을 하다가 '상대성 이론'을 발견했다. 뉴턴 역시 연구 도중 밖으로 나가 정원을 거닐며 딴짓하다가 '사과'라는 매개체를 떠올렸고 만유인력과 결합시키는 놀라운 발견을 하였다. 어디 이들 뿐이랴. 위대한 업적을 남긴 무수한 위인들은 딴짓과 딴생각의 달인들이었다.

아인슈타인은 "나는 결코 이성적인 사고 과정 중에는 커다란 발견을 이룬 적이 없다."라고 했다. 많은 위대한 발견들이 딴짓하며 얻어진 것을 볼 때 샛길로 벗어난 자유로운 생각은 산티아고 순례길에서 마주한 일몰만큼이나 찬란할 것이다. 모두가 같은 것을 바라볼 때 다른 것을 바라보고, 모두가 같은 길을 갈 때 다른 길을 가고, 모두가 같은 행동을 할 때 다른 행동을 하는 것. 그렇게 딴짓은 '위대한 발견'이라는 싹을 띄운다.

롤랑 바르트의 저서 『밝은 방』에는 사진에 관한 그의 독특한 철학적 메시지가 담겨져 있다. 사진감상에 대한 두 가지 개념을 만들어 사진을 바라보는 시각과 관점을 혁명적 방식으로 제시한다. 하나는 나의 고정관념이나 축적된 지식에 의해 정형화된 방식대로 감상하는 것이다. 관습적 틀에 박힌 방식으로 사진을 이해하는 것이다. 이것을 그는 '스투디움'이라고 표현했다. 기존의 생각을 더 견고하게 안정적으로 정형화된 코드에 안주시키는 것이다. 다른 하나는 기존의 관념을 전복시키는 낯선 방식으로 해석하는 것이다. 그것은 예측된 것이 아닌 우발적 충격과 경이로움을 자아내는 마음의 울림이라고 하였다. 정서적 동요를 유발하고 작가의 의도와 관계없이 저마다의 느낌으로 모두 다르게 해석하는 이것을 그는 '푼쿠툼'이라고 했다. 어원상 '깊게 파인 홈'이라는 뜻인데 의도하지 않았던 어떤 특정 이미지가 갑자기 나에게 달려와 나를 훅 찌르고 관통하는 것이라 한다. 롤랑 바르트는 정해진 텍스트적 감상을 거부하고 저마다의 방식으로 해석하도록 창조적 오독을 유빌했다. 여타 다른 예술작품 감상도 그러할 것이고 독서를 할 때도 마찬가지일 것이다. 두 번째로 제시한 푼쿠툼적 감상방식을 교육현장으로 데려 갔으면 좋겠다.

요즘 부쩍 학교가 힘들다는 딸을 보며 그런 생각이 든다. '국가가 정해준 교육과정을 모두가 똑같은 공간에서 똑같이 따라야 하는 것일까?' 미국과 일본을 답습한 주입식 교육방식이 4차 산업 혁명시대를 맞이한 지금까지도 여전히 유효하다. 지금까지 우리 교육은 질문하지 않고 그저 답을 외우기만 하는 남들 따라가는 교육이었다. 남들 따라가며 추격하는 것은 가히 세계 최고이다. '기업가정신, 21세기 미래형 창조인재, 교육혁신' 등이 쓰인 플래카드는 여기저기 공허하게 펄럭이고 있다. 학교에서 교과서로 세상을 배우고 있을 때 세상은 지금 무슨 일이 벌어지고 있는가? 진짜 교육은 학교 밖에서 이루어지고 아이들이 교과서로 세상을 배울 때 세상은 무서운 속도로 변하고 있다. 이미 있는 지식을 그저 수동적으로 답습하는 학습방법이 여전히 주를 이루고 있다. 인공지능이 점점 인간의 영역을 점령하고 있는 이 시대에 우리는 무엇을 배우고 어떤 교육을 받아야 하는가? 롤랑 바르트는 이미지를 언어로 표현할 수는 없지만 분명 의미가 있는 그것을 '제3의 의미'라고 표현했다. 이제 우리는 기존의 이미 해석된 지식이 아닌 제3의 의미를 찾는 교육이 필요하다. 저마다 다양하게 해석할 수 있도록 많은 가능성을 열어주며 경직된 텍스트에서 벗어나야 할 것이다. 상상력에 날개를 달아주어 놀라운 사고의 전환이 일어나는 푼쿠툼적 교육방식이 절실하게 느껴진다.

교실에 갇혀 딴짓하는 수많은 학생이 진정 원하는 것이 무엇이고, 그들의 마음 깊은 곳 진짜 꿈꾸는 세상에 귀를 기울이는가? 커서 뭐가 되고 싶은지에 대한 질문 말고 어떤 존재로 살아가고 싶은지 물어본 적이 있는가? 삶과 배움의 진정한 의미에 대해 사색할 수 있는 기회를 주고 있는가? 이제 교육자는 단순히 지식전달자가 아니라는 것을 세상은 알고 있다.

학교 어딜 가나 가장 흔히 볼 수 있는 단어는 '창의성'이다. 폐쇄적 교실 안 교육에서 아이들의 창의성이 키워지고 있는 걸까? 법이 현실의 변화속도를 따라오지 못할 때 아이들의 창의성은 점점 죽어가고 있다. 입시에 매달리고 취업준비에 매달리며 남들 하는 대로 최선을 다해 열심히 따라 가다가 결국 다다르는 곳은 어디인가?

남들 하는 대로 따라 해서 성공한 시대는 이제 저물었다. 지금까지 해본 적이 없는 것, 남들이 하지 않는 것에 희망이 있다고 본다. 자기만의 철학이 있어야 하고 삐딱한 호기심과 베짱이 필요하다. 창의적이고 호기심 많은 아이들은 암기를 싫어하고 한자리에 오래 머물러 있지 못한다. 그래서 그들에게 교실은 숨 막히는 감옥일 수 있다. 법이 언제 바뀔지 모르니 교실만이라도 딴짓을 허용하는 분위기였으면 좋겠다. 이왕이면 남들이 안하는 기발한 딴짓으로.

딸이 또 묻는다.

"뭐로 딴짓을 하죠?"

속으로 생각했다.

'딴짓할 거리도 알려주어야 하다니….'

공교육의 폐해인가? 웃프다.

수업시간에 몰래 딴짓하며 소설을 썼던 나는 이렇게 글을 쓰고 있다.

혹시 모른다. 미래의 언젠가 베스트셀러 작가가 되어 있을지도.

연애를 글로 배운 사람은 실제 이성과의 교제에 서투르듯,

글로 세상을 배운 이들은 실제로 치열한 세상 속에 나가면

문제해결이나 상황대처의 미숙함을 보인다.

일찌감치 세상을 경험한 이들보다 적응하는데 시간이 오래 걸린다.

몸으로 부딪히고 스스로 해볼 수 있는 선택권을 주어

성취경험을 늘려주는 것이 필요하다.

그러기 위해 부모는 예상되는 시행착오에 너그러워져야 한다.

몸소 겪은 시행착오를 통한 배움은 앉아서 배운 지식과는 비교가 되지 않는다.

이제 우리는 모범생이 아니라 모험생이 필요하다.

직접 몸으로 관찰하고 고찰하고 성찰하고 통찰한 체험이 진짜 지식이다.

이제 세상은 그런 체험지식을 가진 이에게 기회가 주어질 것이다.

선율의 쓸모

어디선가 차이코프스키 〈피아노 협주곡 제1번 1악장〉이 들려온다. 순간 과거로 플래시백 된다. 기억과 가장 가깝게 연결된 감각은 청각이라고 한다. 그래서 음악은 기억과 떼려야 뗄 수 없는 관계인 듯하다. 초등학교 때 엄마와 단 둘이 시장에 갔던 적이 있다. 엄마는 시장 안의 작은 레코드 가게로 나를 데리고 들어갔고 그곳에서 차이코프스키 협주곡 테이프를 사 주셨다. 〈피아노 협주곡 제1번 1악장〉을 듣는 순간 뭔지 모를 전율감이 느껴졌다. 나는 테이프가 늘어질 때 까지 반복해서 듣고 또 들었다. 테이프를 사가지고 집으로 오던 길의 풍경들이 파노라마처럼 펼쳐진다. 그 아득한 옛날이건만. 하던 일 멈추고 나도 모르게 선율에 빠져들었다.

음악은 내 삶의 굽이굽이 희노애락마다 곁을 지켜주는 든든한 벗이었다. 곁을 함께 했던 선율들은 각각의 사연을 파노라마처럼 품고 물결친다. 빡빡한 스케줄과 과도한 먹물들이 침투한 나의 두뇌 틈 사이를 비집고 들어온다. 서서히 선율에 물들고 흠씬 젖어 들다보면 마음이 어느새 몽글해진다. 그렇게 지치고 힘든 날들을 견디게 해 준 고마운 동반자이다.

잠이 부족하고 피곤할 땐 거칠고 강한 비트의 락을 듣는다. 노르아드레날린이 분비되어 힘을 나게 한다. 비가 올 땐 잔잔한 클래식을 듣는다. 뇌파는 알파파 상태가 되어 평온함을 느낀다. 공부를 해야 하는데 집중이 되지 않을 때는 느리고 차분한 명상음악을 듣는다. 이때 분비되는 아세틸콜린은 장기기억을 촉진하여 학습에 도움을 준다. 선선한 가을엔 재즈를 듣는다. 세로토닌은 행복감을 안겨준다. 수업이나 프로그램을 진행할 때도 음악은 없어서는 안 될 가장 중요한 매개체이다. 주의전환과 상상력, 회상을 촉진하는 기폭제로 톡톡한 역할을 한다.

인류의 문명이 시작될 무렵 고대인들도 음악을 즐겼던 것은 세계 각지의 선사 시대 유적지 발굴을 통해 알 수 있다. 최근 원시 조상들이 사용하던 다양한 모양의 타악기와 단순한 형태의 나팔이 발견되었다고 한다. 나의 역사와 마찬가지로 인류의 역사도 음악과 나란히 함께했던 것이다. 그리스의 피타고라스는 여러 사원과 건축물의 기하학적 형태에 맞는 코드와 멜로디를 연주했다고 전해진다. 소크라테스와 플라톤을 비롯한 많은 철학자들도 음악이 영혼의 건강을 유지하는 데 필수적 요소라 여겼다. 태교음악은 그리스인들이 이미 실천하고 있었다. 중세의 의사들은 음악가를 초빙하여 투병중인 환자들에게 노래와 연주를 들려주었다고 한다. 18세기 프랑스에서는 치과의사들이 진료하러 출장을 다닐 때 통증으로 고통스러워하는 환자들을 위해 오케스트라를 대동하고 다녔다고 한다.

스티븐 헬펀은 『소리가 왜 사람을 달라지게 하는가』라는 저서에서 음악의 시대는 끝나고 '음약(音藥)'의 시대가 시작되었다고 선언하였다. 이제 음악은 단순히 힐링이나 미적 감상을 넘어 심신을 치유하는 중요한 치료제라는 것이다. 음악으로 상품성을 높이고 병충해도 감소시킨다는 뉴스를 본 적이 있다. 딸기나 토마토에 음악을 들려줬더니 신선도가 5일 더 유지되었다고 한다. 음악을 들려준 배추, 오이의 기능성 성분이 2배 이상 늘었고 젖소에 음악을 들려줬더니 우유생산량이 3% 증가했다고 한다. 음악을 틀면 술의 발효가 잘되고 술맛이 더 좋아졌는데 이는 음악이 효모의 활동을 촉진하기 때문이라고 한다. 이렇게 선율의 파장은 상상 이상의 신비한 에너지를 품고 있는 듯하다. 무궁무진한 잠재성을 가진 음악이야말로 가장 아름다운 만병통치약이라고 감히 말하고 싶다. 외국에서는 환자의 증상에 따른 맞춤형 음악을 활용하는 곳도 있다고 한다. 우리나라에도 꼭 도입되길 바란다.

내가 클래식을 말하면 사람들은 눈이 휘둥그레지며 묻는다. "클래식도 들으세요?" 지인들에게 난 락매니아로 각인되어 있기 때문이다. 각성을 고조시키는 락은 사람들과 함께 즐겨듣는 맛이 있고 클래식은 아주 편안하고 느슨한 자세로 나만의 공간에서 훔쳐 듣는 맛이 있다. 바흐의 선율은 진공 상태로 온 우주를 떠도는 느낌에 빠져들게 하고, 멘델스존의 선율은 여명의 유년기 시절 사계절을 느끼게 하며, 쇼팽의 선율은 내 안의 변화무쌍한 에너지와 가장 닮았고, 스크라빈의 선율은 어디로 튈지 모르는 방황기의 나와 닮았다. 하지만 뭐니뭐니 해도 가장 날 미치게 하는 선율은 비의 선율이다. 대지를 적시는 교향곡은 뭐랄까. 태초부터 자연이 창조한 가장 아름다운 하모니와 리듬을 선사한다. 인간이 그것을 모방하기 위해 미적 감각을 최대치로 끌어올렸지만 그에 미치지 못하는 매번 새롭게 창조되는 선율이다.

차분하면서도 따뜻한 봄비가 소리 없이 스며드는 여유로운 아침이다. 봄비의 선율을 대신할 〈G선상의 아리아〉에 젖어들며 이 시간 우주와 인간이 이루는 하모니로 충만하다.

플라톤은 이렇게 말했다. "음악은 우주에 혼을 부여하고, 정신에 날개를 달아주고, 상상력에 비행 능력을 더하고, 삶에 즐거움을 선사한다."

나는 지금 플라톤이 말했던 이 모든 것을 느끼고 있는 중이다.

날라리 심리치료사의 마음건강식단 레시피

그때 그때 필요에 따라 골라 들으며

선율과 함께 삶의 흐름을 만끽하고 힐링하고 휴식하자.

놀 맛으로 살맛 나게

'오늘은 뭐하고 놀지?'

나 자신과 데이트를 하는 날이다. 이날은 미리 계획하지 않고 그저 끌리는 대로 기분 내키는 것에 따른다. 몇 년 전 다짐했었다. 거친 풍파를 잘 견뎌온 나를 위해 일주일에 한 번은 나를 위한 날을 갖자고. 이 날은 내 욕구에 특히 더 집중하는 날이다. 놀이정신이 가장 충만한 하루다. 내 안의 충동을 따라가며 도취할 것들을 찾는다. 니체의 표현대로 도취될 것을 찾아 도취와의 놀이에 빠진다. 니체는 『우상의 황혼』에서 도취는 모든 예술을 가능하게 하는 충동이라고 말하며, 그것의 본질은 내 안의 생명력이 상승하는 느낌과 충만한 느낌이라고 했다. 이것은 비단 예술에만 국한된 것이 아니라 삶의 원리도 이와 같다고 하며 삶을 예술로 만들어야 한다고 주장했다. 눈앞의 것을 넘어선 새로운 가치, 새로운 의미를 창조하는 것이 도취의 상태이고 의지가 충만한 상태라고 그는 말했다.

10대 후반 짝사랑하던 오빠는 니체의 열렬한 팬이었다. 당시는 너무 어려워 무슨 말인지도 모르고 잘 보이고 싶은 마음에 무작정 읽어 내려갔었던 니체의 책들. 그렇게 만났던 니체는 지금까지 내 삶의 구석구석을 관여한다. 무서울 정도로 예민한 감각이 느껴지는 그의 놀이 철학에 정신이 혼미해질 정도로 빠져들었다. 그의 글은 행간마다 놀이정신으로 충만하다. 그렇게 내 삶 속 놀이정신은 니체를 흠모하며 그의 철학에 기댄다. 내 안의 생명력이 충만한 나를 위한 하루에 마음껏 도취하며 내 삶을 창조한다. 이 날만큼은 순진무구와 망각을 장착한 아무 생각 없는 아이가 되고 싶다. 니체의 표현처럼. 그렇게 매주 새롭게 업데이트된 자발성과 놀이정신을 일의 현장으로 데려간다. 그래서 나에게 일과 놀이는 분리되어 있지 않다.

며칠 전 길을 가는데 한 여고에서 〈강남스타일〉 노래가 울려 퍼졌다.

여고생들의 떼창이 들려왔다. 요즘은 체육대회도 우리 때와 사뭇 달랐다. 레크레이션 강사의 맛깔스러운 진행은 여고생들의 폭소를 자아냈고 아이돌 음악에 맞추어 춤을 추는 광경은 생경하지만 보기 좋았다. '저토록 에너지 넘치는 10대들이 저렇게 마음껏 발산할 수 있는 기회가 자주 있어야 할 텐데.'라는 생각을 하며 놀고 싶어도 마음껏 놀지 못하는 저들의 현실이 안타까웠다. 일주일에 한 번은 저런 체육대회를 열었으면 좋겠다고 생각했다.

철학자 프리드리히 실러의 『미학편지』에는 그의 놀이적 개념이 나온다. 근대의 관념론적 세계관을 크게 못 벗어났다는 비판도 있지만 내가 마음에 드는 표현은 이것이다. 그는 놀이를 놀이충동이라 표현하며 이성법칙에 따른 도덕적 강요를 줄이고 감각으로 관심을 돌려야 한다고 말했다. 그는 놀이 안에서 이성과 감각을 동시에 만족할 수 있고 놀이할 때 그 둘의 균형이 조화롭게 이루어진다고 보았다. 이성이라는 형식충동과 감각이라는 감정충동을 아우르는 놀이충동은 살아 움직이는 형태이고 이것을 그는 아름다움이라고 표현했다. 놀이충동에 의해 아름다움을 창조하는 미적 행위는 이성과 감각의 조화를 이루고 이러한 합일은 완전한 인간성의 실현에 기여한다고 그는 주장했다. 형식과 틀을 뒤엎는 니체의 파격적 표현을 더 좋아하지만 이성과 감각이 놀이 안에서 균형점을 찾고 조화를 이루며 그것이 성숙으로 연결된다는 주장에 크게 공감한다. 결국 우리가 궁극적으로 지향하는 바는 균형과 조화일 테니 말이다.

위니컷은 그의 논문 『놀이와 현실』에서 놀이는 어린 시절에 국한되지 않고 어려서부터 성인기까지 이어지는 경험이라고 했다. 이 경험은 삶에서 자신을 어떻게 활용하는가를 의미한다고 한다. 놀이는 긍정적이든 부정적이든 삶의 경험들을 잘 감내할 수 있게 해주는 중간지대 영역이라고 표현했다. 중간지대 영역, 즉 주관적인 것과 객관적인 것을 연결해주는 잠재적 제3의 공간이 놀이 경험으로 채워질 때 매우 가치 있는 것이라고 그는 보았다. '인생이 살 가치가 있다고 느끼도록 만드는 것은 다른 무엇보다 창의적 통각이다.'라고 했고, 중간지대의 놀이적 통각을 통해 우리는 통합된 인간이 될 수 있다고 그는 본 것이다.

작년에 학부모 힐링 프로그램을 했었다. 수십 명의 학부모는 하나같이 무표정이었다. 학창시절 불렸던 별명으로 이름표를 새로 달게 했다. 서로의 별명을 보며 키득거리기도 하고 왜 그런 별명으로 불렸는지 자연스레 서로 묻기도 했다. 모둠을 정해 옛 시절로 다시 돌아간다면 가장 해보고 싶은 게 무엇인지 서로 나누도록 했다. 주어진 시간이 부족할 정도로 한 맺힌 사연들이 쏟아져 나왔다. 모둠별로 가장 절실함이 느껴지는 하나의 사연을 즉흥극으로 만들도록 했다. 그런데 놀랍게도 세 모둠 다 충분히 놀지 못한 것에 대한 한 맺힘을 표현했다. 한 모둠은 나이트클럽에서 자신의 마음에 든 남자에게 대시하는 장면, 다른 한 모둠은 지루한 일상을 벗어나 짜릿한 즉흥여행을 떠나는 장면, 또 다른 모둠은 댄스가수 오디션을 보고 합격하여 무대에서 아이돌처럼 춤추는 장면을 연출했다. 어떻게 그런 끼를 누르고 살았는지 싶다. 나이트클럽 한 번 못 가본 게 가장 후회된다고 했던 어느 학부모는 나이트클럽에서 남자를 유혹하는 장면을 정말 맛깔스럽게 표현해서 모두를 배꼽 잡게 했다. 그렇게 웃고 즐겼던 세 시간은 빛의 속도로 지나갔고 모두 하나같이 너무 아쉬워했다. 이것이 바로 놀이의 힘이다. 놀이 안에서의 도취경험은 자발성을 최대치로 끌어올리고 그 몰입감은 우리 안의 창조적 재능을 빛나게 한다. 또한 삶의 활력을 주는 동력이 되기도 한다.

독일의 철학자 가다머의 『진리와 방법』에는 놀이에 대한 독특한 해석이 담겨져 있다. 그는 자연과 놀이는 가장 닮았다고 하며 놀이가 주는 매혹은 놀이가 놀이하는 사람을 지배하는 데 있다고 보았다. 놀이의 원래

주체는 놀이하는 사람이 아니라 놀이 그 자체이고 우리는 그것에 빠져 사로잡힘을 당한다고 본 것이다. 그가 말하는 놀이는 놀이를 하는 사람들은 존재하지 않고 그들에 의해 놀이 된 것만 존재할 뿐이라고 했다. 그는 놀이 그 자체의 가치를 거듭 강조했고 모든 놀이는 그 자체로 순수한 목적을 지닌 현실이라고 했다. 그의 말처럼 모두가 하나 되어 놀이가 나인지 내가 놀이인지 경계가 사라지는 공동 몰입감을 자주 많이 경험했으면 좋겠다. 함께 도취하고 흥이 나고 살맛 나는 세상을 경험하는 놀이의 장이 확내되었으면 하는 것은 나만의 바람일까?

삶의 질을 높이는 삼계명이 있다.

잘 먹고.

잘 자고.

잘 놀고.

좀 놀아본 엄마

화려한 미러볼 조명, 빵빵하게 울려 퍼지는 레트로 사운드, 질주하는 10대들. 요즘 내가 자주 가는 롤러스케이트장이다. 언제부턴가 서서히 자취를 감추었다가 몇 년 전부터 여기저기 롤러장이 생겨나고 있다. 너무나 반갑고 스트레스 풀기에는 이만한 곳이 없다. 목청껏 노래를 따라 부르며 질주하고 흠씬 땀을 흘리고 나면 세상 상쾌하다. 며칠 전에도 질주하고 싶은 본능이 꿈틀거려 롤러장을 찾았다. 여중생들이 한 무리로 뒤엉켜 넘어지고 자빠지며 까르르 소란스럽게 웃고 있었다. 그 광경을 바라보며 풋풋한 그녀들의 싱그러움이 너무도 부러웠다. 순간 그 무리에

끼고 싶은 생각이 들었다. 학창시절 롤러장 죽순이었던 경험으로 그녀들에게 자연스럽게 다가가 넘어지지 않고 타는 방법을 얘기해주었다. 발랄한 그녀들은 처음 보는 아줌마의 말을 진지하게 새겨들으며 적극적으로 따라 하는 자세를 취했다. 그 모습이 너무 예뻐 더 열심히 가르쳐주었고 시원한 음료수까지 한턱 쏘니 호감도는 급상승하여 나에게 관심을 보이며 질문을 했다. "아줌마는 언제부터 롤러를 타셨어요?", "아줌마 애들은 몇 살이에요?" 딸들과도 가끔 온다고 하니 매우 부러워하며 한 아이가 했던 말이 떠오른다. "우리 엄마한테 롤러장 같이 가자고 하니까 애들이나 가는 거라고 싫대요." 언제부턴가 이러한 문화는 어린 친구들만 즐기는 곳이라는 편견이 있다. 놀이터를 가 봐도 아이들만 신나게 뛰어놀고 엄마들은 모두 하나같이 휴대폰에 열중하고 있다. 나도 아이들과 함께 뛰어 놀면 시선을 집중적으로 한 몸에 받게 된다. '술래잡기, 숨바꼭질, 무궁화 꽃이 피었습니다'는 수십 년이 지나도 변하지 않은 놀이터 레퍼토리 3종 세트이다. 딸아이 친구들과 함께 신나게 놀다 보면 어느새 놀이터에 있던 아이들이 모여들고 자기들도 끼워달라고 한다. 놀다 보면 모두가 친구가 되어 놀이로 하나가 되어 있다. 엄마들은 재미있게 지켜보면서도 한 번도 끼워달라고 한 적이 없다. 집으로 오는 길에 무뚝뚝한 딸이 슬며시 다가와 한마디 건넨다. "엄마 오늘 멋있었어요."

부모상담 때 엄마들에게 가장 많이 하는 질문이 있다. "언제부터 못 노셨어요?" 분명 그들도 나와 같이 어릴 적 숨바꼭질을 하며 숨을 곳을 찾아 미친 듯이 달려갔던 인생 최고의 자발성이 빛났던 순간들이 있었을 것이다. 언제부터 그렇게 놀이하는 몸은 인색하게 되었다. 얼마 전 강박증이 심하여 찾아온 중학생 남자아이가 있었다. 고등학교 진학을 앞두고 그 증상은 더 심해져 목욕을 한 시간 넘게 하고 자기의 물건이 정해진 곳에 없거나 조금만 삐뚤어져 있어도 예민한 반응을 넘어 폭발하는 지경에 이르게 된 것이다. 그 엄마는 아이를 낳고 직장을 다니며 박사학위를 취득하기 위해 불철주야 노력하느라 아이를 돌볼 겨를이 없었다고 한다. 스트레스가 많아 늘 예민해 있었고 아이가 놀아달라고 하면 바쁘니까 할머니랑 놀라고 했단다. 생각해 보니 놀아준 기억이 거의 없다고 하면서 아이가 저렇게 예민한 건 자신 때문인 거 같다며 눈물을 흘렸다. 그 아이의 엄마는 어렸을 적부터 속 한 번 썩히지 않는 말 잘 듣는 착한 딸이었고 늘 모범생이었다고 한다. 열심히 공부해서 성적이 늘 우수했기 때문에 학원을 열심히 다니며 그렇게 공부를 해도 성적이 좋지 못한 아들을 이해하지 못했다. 우스갯소리로 "좀 놀아보지 그러셨어요."라고 하니 놀아본 적이 거의 없다고 한다. 그깟 박사학위가 뭐라고 가족들한테 날카롭게 굴고 자식을 제대로 돌보지 않아서 저 지경까지 이른 거 같다고 하며 후회와 자책을 반복하는 그 엄마를 보며 참 많이 안타까웠다.

내가 공부하는 엄마라서 그런지 그런 엄마들을 자주 만나게 된다. 공부를 많이 한 엄마이거나 계속 공부중인 엄마들 대다수는 놀이정신이 결여되어 있다. 공부를 하는 의미와 이유는 각자 모두 다르다. 엄마들에게 이런 질문을 한다. "아이가 중요하세요? 공부가 중요하세요?" 어떤 엄마는 장황하게 설명하기도 하지만 대부분은 아이가 중요하다며 말끝을 흐린다. 아이가 중요하다고 하면서도 공부가 우선이고 아이는 뒷전으로 밀리는 경우가 허다하다. 바쁜 시간 쪼개어 하는 대화는 온통 부모의 불안 섞인 조언과 충고, 훈계가 대부분이다. 부디 점검하고 확인하고 캐묻는 질문이 아니라 일상적인 대화를 나누라고 당부하기도 한다. 어떤 엄마는 어떻게 놀아야 하는지 방법까지 물어본다. 가끔 나의 사례를 얘기해준다. 미친 듯 몰입해서 아이들과 놀았던 이야기를 하면 눈이 휘둥그레지며 선생님은 에너지가 많으니까 가능한 거 아니냐고 한다. 그러면 나는 그렇게 대답한다. "아뇨. 아이와 노는 것이 재미있으면 그렇게 돼요. 아이와 노는 게 재미있으신가요?" 아이와 노는 것이 재미있다고 말하는 엄마는 내 경험으로는 거의 없었다. 마지못해서 놀아주니 아이도 흥이 나지 않고 놀이를 할 때의 몰입경험도 충분히 못 느끼는 것이다. 놀이방법이 중요한 것이 아니라 내가 아이와 놀고 싶은 마음이 있는지, 놀이에 대한 자발성이 얼마나 있는지가 중요하다.

엄마와 자녀가 함께 놀이할 때의 효과성에 대해서는 이미 연구되어진 자료들이 무수히 많다. 정신분석학자 도날드 위니컷은 놀이는 인격의 기초라고 하며 놀이의 중요성을 강조했다. 그의 연구에 따르면 아이는 놀이라는 생생한 생명 활동으로 개성과 창조성을 표현하고 이것은 곧 '참자기' 요소라고 하였다. 위니컷은 주로 엄마와 아이가 어떻게 상호작용을 하는지 관찰했는데 엄마가 아이와 잘 논다면 그것은 둘 모두 건강하다고 보았다. 아이가 짜증을 부리고 거짓말을 하고 공격적이라 해도 잘 놀 수 있다면 심각한 문제는 없다고 보았다. 잘 논다면 놀이과정을 통해 스스로 치유가 일어나고 자기가 누구인지 타자가 누구인지 자연스럽게 배우게 된다고 그는 말한다. 아동 정신분석학자 멜라니 클라인은 놀이는 상처와 불안을 극복하는 데 꼭 필요한 활동으로서, 아이들은 말로 표현하기 힘든 불안하고 무서운 무의식의 암묵적 기억들을 놀이를 통해 승화시킨다고 하였다.

내가 경험했던 바에 의하면 엄마와 못 놀아본 아이는 놀이를 할 줄 모르고 어색해하고 당황해했다. 몸과 감각이 자극을 받는 놀이상황에서의 상호작용은 경직되거나 부자연스러운 패턴들이 반복되는 것을 볼 수 있다. 놀이는 환경에 대한 신뢰이며 혼자 스스로 만족하며 지낼 수 있는 능력이다. 아이의 최초의 놀이터는 엄마의 품이고 엄마의 품을 경험하지 못했거나 불편하고 좋지 않았던 아이는 안전한 토대가 없었기에 놀이 환경이 주어져도 타인을 지나치게 의식하거나 몰입하지 못하고 불안해한다. 내 아이가 미친 듯이 땀범벅이 되어 뛰어놀 줄 안다는 건 너무도 감사하고 축복할 일인데 그것을 못마땅하게 생각하는 부모들이 꽤나 많다. 시대가 변했음에도 여전히 말 잘 듣고 공부 잘하는 착한 자녀를 원한다. 똑똑하고 자기밖에 모르는 아이들은 넘쳐난다. 하지만 자신에게 주어진 작은 것에 감사하고 회색빛 콘크리트 사이에 작게 피어난 들풀 하나에 감동받을 줄 아는 아이는 참 보기 드물다.

자녀에게 기대치를 대폭 낮추면 마찰도 줄어든다. 내 경우 엄마로서 다른 면들은 다 부족하지만 잘 놀아준다는 이유만으로 후한 점수를 얻고 있다. 예전에 엄마가 했던 말이 생각난다. 아이들이 내 품을 떠나고 나면 '껄껄병'에 걸린다고 하셨다. '그때 좀 더 놀아줄걸, 그때 좀 더 같이 있어줄걸, 그때 너무 혼내지 말걸, 그때 더 많이 안아줄걸.' 하지만 그때는 이미 지나갔다. 지금의 때, 앞으로의 때를 놓치지 않는 것이 더 중요하다. 나는 결코 완벽하지도 훌륭한 엄마도 아니다. 오히려 부모 상담에서 했던 말과 일상에서의 내 행동이 일치하지 않아서 스스로 양심에 찔리기도 하고 자책도 참 많이 한다. 한 번씩 욱하기도 하고 아이들과 충분히 시간을 함께 보내지도 못하며 김치 한번 내 손으로 담아본 적 없는 외할머니 손맛에 더 길들여진 아이들이다. 하지만 노력하는 엄마라는 것은 자신 있게 말할 수 있다. 가장 많이 하는 노력은 집에 들어가기 전 현관문 앞에서, 아이의 방 문 앞에서 항상 심호흡을 하는 것이다. 호흡만 잘해도 마찰이 줄어든다. 감정이 올라오는 상황에서 내 호흡을 들여다본다는 건 감정이 아닌 이성의 작용을 가동시키는 것이다. 이성의 작용은 아이의 입장에서 아이들이 나에게 바라는 건 무엇인지 먼저 생각하도록 한다. 가장 하지 말아야 할 것은 감정적으로 아이를 대하는 것이다. 폭발하는 순간 아이에게 완패를 당하는 것이고 아이는 부모가 마음에 안 들 때마다 일부러 폭발하는 지점을 건드려 수동공격을 하기도 한다. 사춘기 자녀와 부모의 관계 갈등에서 많이 벌어지고 있는 현상이다.

사춘기 자녀를 가진 부모들은 공감하겠지만 내 기준에서 본다면 온통 마음에 안 드는 것 투성이다. 내가 사춘기일 때 우리 부모도 내가 마음에 안 들었듯이 말이다. 아이들의 입장에서 본다면 얼마나 엄마가 마음에 안 들겠는가? 내가 사춘기일 때 우리 부모가 그렇게 마음에 안 들었듯이 말이다. 내가 사춘기 때 내 부모에게 무엇을 원했는지 생각해 본다면 답은 어느 정도 나온다. 그런데 이러한 말도 먹히지 않는 엄마들이 있으니 열심히 공부만 했던 모범생 엄마들이다. 늘 칭찬만 받았던 야생에서 놀아본 경험이 없는 온실 속 환경에서만 지내온 엄마들은 내 아이를 도무지 이해하지 못한다. 충분히 놀아야 하는 이유를 그렇게 설명을 해도 가슴으로 받아들이지 못한다. 온실 속 경직된 환경은 아이에게 그대로 유전되어 세상 밖은 위험하고 믿을 만하지 못하며 불안한 곳이 된다. 놀이터에서 뛰어놀아야 할 시기에 학원의 딱딱한 의자에 앉아 시계만 쳐다보고 있는 아이들이 점점 많아지고 있는 현실이 슬프고 속상하고 안타깝다. 부모의 불안으로 아이들은 하면 할수록 불행한 노동의 공부를 하며 점점 시들어 가고 있다. 아이들은 너무나 놀고 싶다. 놀이에 목말라한다. 충분히 놀지 못해서 산만하다. 이런 아이들과 같이 어릴 적의 나로 돌아가 한 번씩 미친 듯이 놀이에 몰입해 본다면 아이들의 표정은 밝아지고 관계도 더욱 친밀해지고 무엇보다 부모를 대하는 태도가 달라질 것이다.

나는 아이들이 내 품을 떠나갈 때 후회와 아쉬움보다는 충분히 할 만큼 했고 놀만큼 놀았다는 만족감과 후련함을 느끼고 싶다. 사춘기가 된 두 딸은 여전히 놀아 달라고 시도 때도 없이 찾아온다. 아주 급한 거 아니면 하던 것을 중단하고 기꺼이 놀이에 참여한다. 학점이 못 나와도 졸업이 늦어져도 상관없다. 아이들이 커가는 과정에서 다시는 오지 않을 '결정적 시기'를 놓치고 싶지 않기 때문이다. 사춘기 딸 친구들이 나를 불편해 하거나 눈치 보지 않고 자기네들 놀 때 나도 끼워준다. 심지어 내가 있어야 재미있다고 하는 친구도 있다. 최고의 찬사이다. 이것이 나에겐 엄청난 자부심이다.

역시 공부만 강요했던 아빠 말 안 듣고 놀기를 잘했어.

날라리 심리치료사의 마음건강식단 레시피

주 1회 요일과 시간을 정해놓고 자녀와 놀이를 해보자.

놀이의 주도권을 자녀에게 주고 자녀의 나이로 돌아가

철없는 아이가 되어 보는 것이다.

사춘기 부모는 아이의 관심사를 공략하면 된다.

아이가 일주일 한 번 있는 그 시간을 기다리게 된다면

놀라운 변화들이 일어날 것이다.

부유한 하루

오늘도 어딘가를 떠난다. 목적지는 정해지지 않았다. 가다가 나를 붙잡는 곳이 있으면 그곳에 머무를 예정이다. 몸에 배지 않은 낯선 행동들로 또 다른 나 자신과의 조우를 기대한다. 계획 없이 무작정 집을 나선 나의 몸은 어느새 경춘선에 실려 있었다. 유난히 햇빛이 이글거린다. 오늘은 민감하게 확인하는 날씨조차 검색하지 않았다. 집시 스타일이었던 나는 나이 들어가며 사회적 틀이라는 새장에 갇혀 있었다. 갇힌 나의 몸은 늘 어딘가를 훨훨 날아가는 자유를 갈망했었다. 막상 훨훨 날아갈 자유가 주어지니 새장 속에 익숙해져버린 무디어진 날개는 원래의 날갯짓을 잊어버린 듯하다. 요즘은 떠돌며 날갯짓 연습을 한다. 그렇게 불일치 되었던 나의 몸과 정신은 오늘도 어딘가에서 파닥거릴 것이다. 달리는 경춘선 창밖으로 예스런 풍경들이 파노라마처럼 펼쳐진다. 목적지가 정해지지 않았기에 느낌과 감각이 충동질해대는 곳으로 따라갈 것이다.

방랑적 성향이 짙은 나에게 지인들은 한량이라 부른다. 흔히들 방랑과 한량을 쌍쌍바로 본다. 한량이라는 단어를 떠올리니 한량남편을 두었던 어느 할머니의 기구한 사연이 생각났다. 남편의 집은 부자였지만 변변한 직업이 없었던 남편을 중매로 만나 결혼했다고 한다. 남편은 신혼 첫날밤을 치르고 집을 나가 몇 해를 안 들어왔다고 한다. 어쩌다 한 번씩 집에 머무르는 기간에도 계속 친구들과 술을 마시고 주색을 즐겼다고 한다. 한량 남편을 만나 속이 시커멓게 타버려 재만 남았다는 할머니의 눈물짓던 모습이 떠오른다. 어딘가에 메이고 싶지 않은 한량같이 생긴 방랑기가 혹여 나 자신만을 위한 이기적 방종은 아닌지 하는 생각이 들었다.

공자는 정신적 자유에 대해 '종심소욕불유구(從心所欲不踰矩)'라고 하였다. 이는 마음이 하고 싶은 대로 해도 법도에 어긋남이 없는 최고의 경지를 뜻한다. 이것이 곧 성숙한 자유일 것이다. 정신적 성숙함이 더해진 자유는 누가 봐도 아름다울 것 같다.

근데 나는 왜 그토록 떠돌고 싶은 것일까? 아름다운 자유를 찾고 싶어서? 진정한 안식처를 찾지 못해서? 내 소유물이라고 하는 것들이 진짜 내 것이 아니라서? 세상에 홀로 던져진 정신적 고아라서?’ 그 답을 죽기 전에는 찾을 수 있을까?

한때 왕가위 감독 영화에 빠진 적이 있다. 가장 큰 이유는 나를 압도했던 OST의 강력한 흡입력 때문이다. 그만의 화려한 시청각 장치들에 의한 물성과 심리적 결합의 탁월함은 차치하고라도 세월이 흘러도 두고두고 곱씹게 하는 메시지가 또 다른 이유이다. 그의 작품들의 특징은 인물들이 계속 어딘가를 떠난다는 것이다. 그렇게 공간을 떠돌고 감정을 떠돌고 기억을 떠돌며 무언가를 갈망하는 인물들의 모습이 나의 내적 욕망과 닮아서였을까? 인물들의 이동은 무엇을 의미하는 걸까? 결국 인간은 고정된 것으로부터 끊임없이 해방되고 싶은 걸까? 산다는 건 또 다른 나를 욕망하는 몸부림일까? 영화 〈화양연화〉의 엔딩장면에서 종교적 장소로 이동하는 것은 어떤 메시지일까? 결론지으려는 내적 충동은 유보하기로 했다. 모호한 끝맺음들은 끊임없이 사유해야 할 화두로 남겨놓기로 했다.

사회학자 미셸 마페졸리는 『부족의 시대』에서 '자유롭게 부유하는 인간'에 대해 탁월한 표현을 했다. 부유(浮遊)한다는 것은 사고하려는 사람들에게 불필요한 복잡함 없이 신비스럽게 말을 거는 것이라 한다. 표류의 여정은 사유의 대담한 행로를 향해 마음대로 발을 내딛는 것이라 하며 이들은 자유로운 정신의 소유자들이라고 말했다.

'사유의 대담한 행로.' 그렇다. 그의 표현처럼 나의 현재 방랑은 진정한 사유를 위한 대담한 행로이다. 그렇게 여기저기 떠돌며 나와 맞닥뜨리는 모든 것을 통해 또 다른 나를 알아가며 '본래의 나'를 찾아가는 중이다.

에마뉘엘 레비나스는 우리가 익숙한 거주 공간을 벗어나 낯선 공간으로 이동하며 끊임없이 새로운 경험을 하고자 하는 것은 인간만의 고유한 생득성이라 하였다. 이 유목주의(nomadisme)는 일정한 거주지 없이 체류하는 것이고 그는 이것을 '거주함의 바깥'이라고 표현하였다. 누구에게나 있는 고향 상실은 인간의 모든 뿌리 내림이고 본래성이라고 그는 말한다. 프랑스 철학자 질 들뢰즈는 『차이와 반복』에서 유목에 대한 신선한 해석을 했다. 그가 말하는 '유목'은 앉아서 하는 것이다. 몸의 이동이 아닌 사유의 흘러 다님, 사유의 이동이다. 그에게 있어 유목민은 특정한 가치나 생각, 삶의 방식에 얽매이지 않고 자신을 창조적으로 변화시키는 인간이다. 독서를 하며 시공을 초월해 먼저 살다간 이들과의 정신적 공명도 들뢰즈가 말한 유목주의일 것이다. 책을 통해 우주를 떠돌고 저자의 경험을 통해 유목적 삶을 간접적으로 느끼기도 하니 말이다. 쇼펜하워는 삶 자체가 워낙 애매모호해서 움직이는 것들에게 안정을 찾기도 하는 인간의 이중적인 속성을 말하며 이 세상은 언제나 부유(浮遊)하고 있다고 표현했다.

강촌역이라는 안내방송이 나왔다. 왠지 시골스런 이름이 맘에 들었다. 이곳에 내리라는 충동이 올라왔다. 처음 발을 내딛게 된 강촌이라는 곳은 생각만큼 시골스럽지 못했다. 실망을 했지만 계속 걷다 보니 강촌이라는 이름에 걸맞게 굽이굽이 강이 흐르고 초록들의 향연이 펼쳐졌다. 싱그러운 풀 냄새를 따라 걷다가 나무 그늘에 머물렀다. 익숙한 듯 낯선 것들과의 접촉이 편안했다. 그들과의 접촉은 유창한 말솜씨나 세련된 응대가 필요 없다. 햇살의 온기와 바람의 살랑임을 마음껏 누리며 마음을 평온히 가라앉히고 담백한 교감을 나누었다. 내 안의 낭만세포들이 살아 움직인다. 문자와 언어로는 결코 담아낼 수 없는 신비스러움을 응시했다. 신경세포 하나하나를 곤두세워 심오한 속삭임들 속에 합류했다. 혹여 불청객이 끼어든 건 아닌지. 그저 자연의 일부로 머물러 몽롱한 사색에 취했다. 무심결에 그들을 함부로 대했던 나의 오만함을 깨닫는다. 더불어 조화를 이루며 서로를 빛나게 해주는 자연의 앙상블은 그토록 아름다웠다.

프랑스 사상가 시몬 베유는 『중력과 은총』에서 이런 말을 한다. "삶이 시시포스의 바위처럼 무겁고 벗어날 수 없다고 느낄 때 인생은 내 뜻대로 안 되는 것 투성이라고 흔히 한탄한다. 하지만 그 바위의 무게(중력) 뒤에는 은총이 숨겨져 있다." 그녀의 말대로 무거운 바위를 견딘 나는 방랑에서 느끼는 쾌락을 은총으로 받고 있다. 새로운 나와 그들을 만나는 기대와 설렘, 짜릿함과 흥분은 삶의 고통과 밑바닥의 처절함을 느껴본 자만이 누릴 수 있는 진중한 '쾌락스러움'일 것이다. 그 '쾌락스러움'은 경박하지 않고 평온하다

이렇게 떠돌다가 정착지로 돌아가면 부유하기 전과 다르게 좀 더 무르익어 있을까?

몸의 부유함으로 마음과 정신이 부유해진 하루다. 부유함으로 나의 몸과 정신은 그렇게 조금씩 합일되어가는 중이다.

몸이든 생각이든 나는 주로 어디를 방랑하고 있는가?

방랑은 내 삶의 어떤 의미인가?

그것은 꼭 필요한 방랑인가? 불필요한 방랑인가?

아니면 해로운 방랑인가?

비극이 더 재밌어

수용

나 좀 이제 놓아줄래

논문 발표를 앞두고 심장이 사정없이 뛰어댄다. 내가 떨린다고 하면 모두 하나같이 괜히 하는 엄살인 줄 안다. 평소 자신감 넘치고 당당한 모습이지만, 그 이면에 보이고 싶지 않은 내 모습이다. 권위자들 앞에서 평가받아야 하기에 유독 더 그렇다. 과도하게 긴장한 탓에 준비했던 것들을 망치고 그럴 때마다 이 모든 것이 무섭고 엄격하기만 했던 아빠 탓인 것만 같아서 아빠에 대한 미움은 더욱 커져만 갔었다. 한 번씩 나를 괴롭히는 불안에 대해 스스로 묻지 않을 수 없었다. 내가 자라온 환경과 역사를 거슬러 올라가보았다. 딸만 넷 중 장녀였고 부모님은 맏이었던 나에게 거는 기대감이 매우 컸다. 가장 많이 들었던 얘기는 "네가 잘돼야 동생들이 잘 된다. 맏언니로서 동생들에게 본이 되어야 한다."라는 것이었다. 부모님의 신념과 믿음은 늘 나를 짓눌렀고, 동생들보다 공부도 못하고 맏언니로 본이 되지 못했던 나는 조금씩 그렇게 내 안에 부정적 자아상을 형성하기 시작했던 것 같다. 네 명이 모두 두 살 터울이었고 동생들이 태어날 때마다 엄마 품과는 점점 멀어졌다. 어린 나는 엄마 품이 그리웠지만 더 어린 동생들이 있었기에 엄마 품에 마음껏 안기지 못했던 것 같다. 엄마는 곁에 있었지만 늘 그리운 존재였고 체면을 중요하게 생각했던 권위적인 아빠는 내가 남들 앞에서 자랑스러운 딸이 되기를 원했다. 본인의 뜻대로 행동하지 않으면 늘 호통을 쳤고 맏이로 본이 안 된다고 늘 비난을 들어야 했다.

그동안 잊고 지냈던 어린 시절 몇 가지 기억 중 강력한 사건 하나가 선명하게 다가왔다. 초등학교 2학년 때 학교 대표로 어린이 동요대회에 참석을 하게 되었다. 당시 교감선생님과 함께 방송국을 찾았다. 모든 것이 낯설고 긴장되었던 상황이었다. 꽤 오랜 시간 리허설을 했었고 피아노 반주를 함께 연습했던 언니가 잘한다고 하면서 이대로만 하면 무조건 입상을 할 거라고 장담했었다. 자신감을 가지고 무대로 걸어 나갔지만 수

많은 관중 앞에 서니 갑자기 머리가 하얘지고 무언지 모를 공포가 나를 압도했다. 결국 2절 도입부에서 가사를 잊어버렸고 내 몸은 그대로 얼어 붙었다. 그 와중에 맨 앞에 앉았던 심사위원들과 교감선생님이 내 시야에 들어왔다. 한 심사위원은 누군가에게 귓속말을 했고 교감선생님은 당황해하며 난감한 표정으로 손을 이마에 대며 고개를 숙이는 모습이었다. 그날 나는 무대 뒤에서 얼마나 울었는지 모른다. 수십 년이 지난 지금도 그 당시를 생각하니 울컥할 정도로 어린 나에게는 참으로 큰 사건이었던 것 같다. 괜찮다는 위로의 말 한마디 해주는 어른이 한 명도 없었다.

행동심리학에서 영장류를 대상으로 했던 유명한 실험이 있다. 아기 원숭이들에게 두 가지 환경을 제공하고 선택하도록 했다. 하나는 차가운 철망으로 만든 엄마 원숭이 인형으로 여기에는 우유가 든 우유병이 있었다. 다른 하나는 부드러운 감촉의 보송보송한 솜털로 만든 엄마 원숭이 인형으로 여기에는 우유병이 없었다. 이 실험에서 아기 원숭이들은 우유를 선택하기보다 부드러운 솜털의 엄마 원숭이에게 오랜 시간 있다가 배가 고프면 철망원숭이의 우유만 얼른 먹고 다시 솜털원숭이에게로 쏜살같이 달려왔다.

미국의 임상심리학자 앤드류 포메란츠의 연구에 의하면 우리는 모두 사회적 동물로서 타인과 영향을 주고받으며 사랑과 소통을 원하는 존재들이라고 했다. 그렇기에 타인에게 사랑받지 못하고 인정받지 못할 거라는 생각은 엄청난 두려움과 불안감을 촉발한다고 한다. 거기에 '사람들이 내가 문제가 있다는 걸 알고 실망하면 어쩌지?' 하는 마음이 더 긴장과 불안을 만든다는 것이다. 이 불안은 여러 상황에서 상대를 극도로 의식하게 만드는 원인이라고 한다. 그는 사회 불안증을 유아동기의 살아온 환경에서 비롯된 모든 경험이 복합적으로 작용한 결과라고 보았다. 사람들은 성장하면서 자신의 주변 세계를 통해 자기 자신에 관해 조금씩 알아 가는데 이 과정에서 불안증이 생겨나기 시작한다는 것이다. 즉 불안이라고 하는 것은 타고나는 것이 아니라 살아오면서 학습한 '생각'과 '관념'의 패턴이라고 그는 결론을 내렸다. 뭔지 모를 모호하고 막연한 불안한 느낌의 원인을 '열등감'이라고 그는 명명하였다.

예고에서 첼로를 전공하는 여고생이 극심한 불안감을 호소하며 찾아왔다. 재능이 매우 뛰어남에도 불구하고 불안으로 인해 너무 긴장한 나머지 콩쿠르에서 매번 만족스러운 결과를 내지 못했다고 한다. 중요한 콩쿠르를 앞두고 자신의 불안증을 치료받고 싶어 부모님께 먼저 요청했다고 한다. 낫고자 하는 의지가 강했던 그녀는 매우 협조적이었고 나의 말을 전적으로 신뢰하고 따라주었다. 우리는 가장 불안했던 상황을 장면으로 만들었다. 그 당시의 나를 떠올리게 했다. 아이의 표정은 금세 굳어졌고 금방이라도 울 것처럼 얼굴이 빨개졌다. 기분이 어떠냐고 물으니 창피하고 도망가고 싶다고 했다. 무슨 말이 들리는지 묻자 엄마 목소리가 들린다고 했다. 엄마의 목소리는 "또 그거밖에 못한 거야. 너 땜에 들어가는 돈이 얼만데. 언니 반만이라도 해봐."라고 하는 비난의 소리였다. 그 비난의 소리는 끈질기게 그 아이를 따라다녔다. 콩쿠르를 앞두고 가장 불안했던 원인은 엄마의 비난이었다. 늘 자신은 언니보다 못한 열등한 존재였고 집에서 돈만 축내는 돈충이었다.

사랑이 있어야 할 자리에 부모의 신념과 믿음이 뿌리박히는 건 참 안타까운 일이다. 어린 시기에 충분한 관심과 사랑을 받지 못할 경우 포유류라는 종은 생명에 위협까지 느끼며 자기를 보호하기 위한 여러 가지 방어본능들을 만들어간다. 자신이 남들보다 열등하다는 생각은 불안증을 유발하는 주된 원인이라고 많은 전문가들은 입을 모은다. 사회 불안증을 호소하는 이들이 해마다 증가하고 있으며 삶 전반에 걸쳐 영향을 주지 않는 곳이 없을 정도로 그 힘은 막강하다. 처음 보는 사람에게 접근해야 할지 말지를 결정하는 잣대가 되고, 상대와 교제를 시작할지 말지를 결심하는 잣대가 되기도 한다. 진로선택, 직업, 부의 수준 등에 영향을 준다. 각종 미디어매체는 그러한 열등한 심리를 더욱 부추기면서 우리를 더욱 불안하게 한다. "도대체 왜 나는 남들보다 못한 것인가." 남보다 열등하다는 정보를 처음 접하는 것은 대개 어린 시절 환경이다. 나를 찾아온 불안증을 호소했던 내담자들도 거의 대부분 어릴 적 가족 구성원이나 중요한 타인의 영향이 컸던 것을 알 수 있다.

곰곰이 생각해보면 나의 불안이라고 하는 것은 내가 느끼고 있는 것일 뿐 나 자신은 아니다. 그것을 혼동해서는 안 될 것이다. 내가 느끼는 그것은 현재는 나에게 머물러 있지만 얼마든지 지나가게 할 수 있고 버릴 수도 있는 것이다. 과거의 사건들이 모여 그렇게 생겨난 막연한 불안감은 지구행성에서 일어난 무수한 사건 중의 하나였다. 중요한 건 그것은 이미 지나갔다는 사실이다. 이미 지나간 과거에 발목이 잡혀 현재 형체 없이 떠도는 것들로 주눅 들고 괴로워한다. 생각해보니 지나간 사건을 놓아주지 못하고 과거 이미지에 내 에너지를 발동시킨 내 마음이 문제였다. 불안은 분노를 낳고 분노는 저항감을 키우며 그 이미지를 그냥 지나가도록 놔두지 않았다. 지나보낸 사건들을 지금 이곳으로 다시 데려와 끈질기게 붙들고 놓아주지 않았다. 내면에 떠도는 과거의 상처와 고통의 이미지들을 과감하게 미련 없이 놓아 주었으면 좋겠다. 끈질기게 붙들고 있는 저마다의 그것들을 이제는 자연스럽게 흘려보내고 놓아주자. 마음 속 어딘가에서 내 불안이 이렇게 말하는 거 같다. "나 좀 이제 놓아줄래."

날라리 심리치료사의 마음건강식단 레시피

내 몸의 두근거림과 떨림 등을 느낀다면

가장 먼저 그곳에 손을 대고 토닥거린다.

그리고 나 자신에게 그렇게 말해준다.

"괜찮아 너를 보호해주기 위해 너의 편도체가 잠깐 고장 났을 뿐이야.

편도체야 고마워. 이제 안심해도 돼."

불안을 느낄 때 뇌에서는 불안을 담당하는

핵심 영역 변연계의 일부인 '편도체'가 과잉활성화된다고 한다.

위협적으로 살아온 편도체는 작은 자극에도 오작동되어

경보음이 신체증상으로 나타나게 되는 것이다.

불안을 느끼는 나의 편도체는 나를 보호해주기 위해 그렇게 열일을 하고 있다.

위험으로부터 벗어나게 해주려는 고마운 불안이다.

이제는 불안을 감추지 말고 내 불안에게 고맙다고 격려해주자.

우리에게 지금 절박하게 필요한 건,

경제력이나 물질적 풍요보다 어떤 상황에서도 고른 호흡,

깊은 호흡을 유지할 수 있는 능력이다.

나만의 안식처

인간은 세상에 나오기 전 태내 안식처에 10개월 정도 머무른다. 바깥 세상으로 나온 후 최초의 안식처는 주 양육자*의 품이었고 생애초기 경험한 안식처는 인간이 성장하고 살아가는 데 지대한 영향을 미친다. 우리에게 안식처는 필요충분조건을 넘어 절대조건이다.

나의 주양육자는 엄마였으므로 나의 최초 안식처는 엄마 품이었다. 기억이 나지는 않지만 젖을 빨며 엄마와 눈 맞춤을 했을 것이고, 사랑이 많

*주양육자 : 과거에는 주양육자가 대부분 어머니였기 때문에 주양육자를 어머니로 표현했지만 현대사회는 주양육자가 어머니에 국한되고 있지 않기 때문에 어머니가 아닌 주양육자라는 표현을 사용하였음.

고 애정표현을 잘하는 엄마는 첫아이를 신기해하며 따뜻한 접촉을 했으리라 믿어 의심치 않는다. 그러다가 동생들이 연이어 태어나고 몸이 허약한 엄마는 우리를 친척집에 종종 맡기셨다. 그럴 때면 밤마다 엄마가 보고 싶어 남몰래 흐느껴 울었던 기억이 난다. 그토록 보고 싶었던 엄마와 오랜만에 재회를 해도 마음껏 달려가 안기지 못했고 어리광을 부리고 싶어도 그러지 못했다. 왜냐하면 장녀로서 의젓해야 했기 때문이다. 마땅히 채워졌어야 할 애정의 욕구를 충족하지 못한 채 내 안의 결핍들은 그렇게 무럭무럭 자라났다.

인간은 누구나 자신만의 결핍을 메워줄 만한 안전기지가 필요하다. 결핍은 욕구를 낳고 그것을 메우기 위해 끊임없이 무언가를 갈망한다. 성장하며 쌓여만 가는 내 안의 찌꺼기를 없애고 건강한 그 무언가로 메우려면 나만의 안정된 기지가 마련되어야 할 것이다. 음식을 먹은 후 배설을 위해 화장실이 필요하듯 심리적 배설을 위한 공간은 반드시 필요하다. 적절하게 배설이 되지 않아서 찌꺼기들이 쌓이면 결국엔 여러 가지 심리적 문제들이 다양한 양상으로 나타난다. 주변엔 건들기만 하면 터질 것 같은 사람들이 너무 많다. 괜히 옆에 있다가 봉변을 당하는 경우도 부지기수다. 예민과 짜증을 넘어 분노폭발로 대인관계에 치명적 영향을 미치는 이들이 날로 늘어만 간다. 남녀노소 불안함을 달고 살아가는 현대 사회에서 편안함을 갖기란 생각처럼 쉽지 않다. 나를 편안하게 해주는 사람, 나를 편안하게 해 주는 공간이 절대적으로 필요한 요즘이다. 특히 나를 안식하게 해주는 공간은 태아의 잉태공간만큼이나 중요한 것 같다.

얼마 전 남자후배를 만났다. 신혼이라서 깨가 쏟아질 줄 알았던 나의 예상과 달리 표정이 어둡고 연거푸 한숨을 내쉬었다. 이유를 들어보니 아내가 서로의 모든 것을 공유하길 원하고 집에서도 밖에서도 늘 함께 하기를 원한다는 것이다. 심지어 휴대폰까지 서로 공개해야 마땅하다는 주장을 하며 거리낄 것이 없다면 왜 공개하기를 탐탁지 않아 하는지 이해하지 못했다. 듣기만 해도 숨이 막힐 지경이었다. 신혼 초 다툼은 맞추어가는 과정에서 자연스러운 관문이라고 생각하지만 후배의 아내는 각자 자기만의 시간이나 공간을 갖는 것에 대해 전혀 이해하지 못했다. 그럴 거면 왜 결혼을 했는지 섭섭해 하는 아내의 태도가 너무 답답하다고 하소연했다. 후배는 자기만의 공간을 간절히 원했다. 후배의 아내를 만나면 꼭 해주고 싶은 말이 있다. 아무리 부부라도 각자 자기만의 영역은 서로 존중해주어야 마땅하고 허락 없이 함부로 침범해서도 안 된다고 말이다.

이러한 비슷한 경우를 부부나 부모 상담을 할 때도 종종 만나게 된다. 내가 만난 부부의 대다수가 대화가 안통해서 갈등의 골이 깊어진 경우가 많다. 대개 아내는 즉시 대화로 문제를 풀려고 하는 경향이 있고 남편은 이를 피해 방으로 들어가거나 바깥으로 나가려고 한다. 피해서 들어갈 자기의 방이 있으면 그나마 매우 다행이다. 주거공간은 대개 아이들 위주로 채워져 있고 엄마들은 남편의 공간보다 아이의 공간에 더 신경을 쓴다. 갈등을 해결하는 타이밍이 서로 다르기 때문에 남편은 자기만의 공간에서 생각을 정리하고 마음을 가라앉힐 수 있는 시간이 필요하다. 우리나라는 특히 남편의 공간, 아빠의 공간이 너무 부족하다. 그렇기에 바깥으로 겉돌며 자신을 편안하게 하고 스트레스 풀 만한 곳을 찾는 것이다. 엄마들은 남편만의 공간이 필요하다는 인식을 거의 하지 못하고 있다. 남편이 육아에 협조를 안 해준다고 불만을 토로하는 엄마들이 많다. 그럴 때면 여력이 있다면 남편만의 공간과 시간을 허용해주어야 한다고 말한다. 베란다 한편이라도 말이다. 그곳에서 휴식하고 에너지를 충전해야 육아를 도울 수 있을 것 아닌가?

최근 들어 여자가 돈을 벌고 남자가 살림하는 경우도 종종 있지만 여전히 많은 가정이 전통적인 방식으로 살아간다. 아이가 생기면 대개 여자들이 아이를 돌보고 남자가 주로 경제활동을 한다. 엄마들은 유모차를 끌고 나와 놀이터나 카페에서 수다로 스트레스를 풀고 주방이라는 자기의 영역이 있다. 남자의 경우는 대개 술 한잔 하면서 푸는 경우가 많고 집에 들어오면 대부분 가족이 함께 공유해야 하는 공간뿐인 경우가 많다. 직장이나 육아로 인해 스트레스를 호소하는 아빠들에게 무엇으로 힐링하는지, 또 자기만의 공간이 있는지 물어본다. 주로 미디어매체나 술, 담배로 스트레스를 풀고, 대다수의 아빠는 자기만의 공간이 없었다. 여자들보다 좀 더 단순하여 멀티가 힘든 남자들은 생각을 정리할 수 있는 그들만의 동굴이 필요하다. 생각만 조금 달리하면 얼마든지 지혜롭게 남편의 협조를 얻어낼 수 있는데 그것이 제대로 안 되어 늘 신경전과 감정소모의 악순환이 계속되는 듯하다. 인간은 내 몸이 안전하다는 느낌을 받고 편안해야만 보다 나은 판단과 사고를 할 수 있도록 설계되었다. 나만의 공간에서 나에게만 집중할 수 있는 은밀한 시간은 우리를 더욱 성숙하고 인간답게 한다. 오롯한 혼자됨은 관계를 더 건강하게 한다.

장(場)이론을 연구했던 독일의 심리학자 레빈의 연구에 따르면 생활공간이라는 장(場)은 외적 물리적 공간과 내적 심리적 공간에 상호 영향을 미친다고 한다. 심리적 안정을 주는 장의 변화는 행동의 변화를 가져온다고 그는 말했다. 결국 심리적으로 안정감을 느끼는 공간을 거쳐야만 우리의 행동이 달라질 수 있다는 것이다. 자기구역에서 자신감이 샘솟고 편안함이나 위안감은 최대치가 된다. 그러한 場을 우리는 가지고 있는가?

차이밍량 감독의 영화 〈애정만세〉에는 안식처 없이 떠도는 세 영혼의 방황과 외로움을 보여준다. 시간에 쫓기듯 바쁜 일과를 마치고 각자의 공간으로 돌아간다. 매일 돌아가는 그 공간에서 마음은 떠돌고 공허한 놀이를 하며 공간의 쓸쓸함을 저마다의 방법으로 채워본다. 진정한 안식처는 과연 존재하는 것인지에 대한 끈질긴 의문을 품게 했다. 여명이 밝아오기 전 밤새 이슬을 머금었던 축축한 새벽에 공원에서 홀로 주인공 메이는 꺼이꺼이 질펀하게 목 놓아 운다. 나도 따라 울었다. 저 밑바닥 묵직한 슬픔이 봇물 터지듯 쏟아졌다. 따뜻하게 안식할 곳을 찾지 못한 설움, 그 무엇으로도 채워지지 않는 견딜 수 없는 공허함, 그래서 차갑디 차가운 고독과 마주할 수밖에 없었던 현실이 그렇게 슬펐나 보다. 어쩌면 우리는 그녀의 설움을 저마다 가슴에 품고 살아가는 것은 아닐까?

내 의지와 상관없이 세상에 나와

낯선 이곳의 모든 것이 두려웠을 것이다.

최초의 안식처에서 충분히 보호받고 충분히 안식을 누려야 했다.

하지만 그러지 못했다.

안식처를 상실하고 거절당하고 빼앗겼다.

마땅히 누려야 할 것을 누리지 못한 것에 분노해야 하고

상실되어 슬퍼하는 내 영혼을 애도해야 한다.

충분히 분노하고 애도하지 못했다.

그래서 제2의 안식처가 필요하다.

목숨 걸고 찾아야 한다.

그곳에서 마음껏 분노하고 꺼이꺼이 울어야 한다.

남자들은 인생에 딱 세 번만 울어야 한다고 하며 감정을 더 많이 억압당했다.

남자가 울면 지질하다고?

못 울고 안 그런 척하는 게 더 지질하다.

울 때는 울 줄 아는 남자가 멋지다.

고통의 빛깔

요즘 눈을 뜨면 매일 무거운 기사를 접하게 된다. 오늘도 저마다의 고통을 견디지 못해 극단선택을 한 이들의 기사가 가장 먼저 눈에 들어왔다. 마음이 무겁다. 워킹 맘이던 30대 네이버 여직원의 극단선택에 비난 댓글을 보았다. 위로보다는 섣부른 비난에 마음은 더 무겁다. 죽는 것이 차라리 편할지도 모르겠다고 그래서 삶을 포기할까 고민했던 적이 나에게도 있었다. 20대 이른 나이에 친구와 동업을 했었다. 사업이 한창 잘되나 싶었는데 믿었던 친구는 치밀하게 거래처에 지급해야 할 미지급금을 내 앞으로 돌려놓고 잠적했다. 그때 충격이 너무 커서 며칠 동안 식음을 전폐하며 죽고 싶다는 생각을 진지하게 했었다. 졸지에 빚쟁이가 된 나는 떠오르는 아침 해가 두려웠다. 고통을 견디지 못해 삶을 포기하고 존재의 빛을 잃어가는 사람들을 볼 때마다 그때의 나를 떠올리며 경험에서 우러나오는 이심전심이 느껴진다.

재작년 어느 건물의 출입문에 엄지발가락이 찧어서 발톱 3분의 일 정도가 떨어져 나간 적이 있다. 생각보다 통증이 심했다. 발가락이 퉁퉁 부어 신발을 신기도 불편했고 발가락이 다른 곳에 살짝 닿기만 해도 통증이 느껴져 상당한 조심성이 필요했다. 한 달 넘게 절뚝거리며 걸어 다녔다. 처음엔 불편했지만 천천히 걸을 수밖에 없는 상황에 놓이게 되니 보이지 않았던 것들이 보이기 시작했다. 가다가 통증이 느껴지면 아무 곳에 걸터앉아 쉬기도 했다. 그때 문득 그런 생각이 들었다. '쉬어 가라고 나에게 이런 고통을 주셨구나.' 그런 생각이 들자 고통이 감사함으로 느껴졌고 감사함이 느껴지니 통증도 덜한 듯했다. 질주본능을 멈추게 한 꼭 필요한 고통이었다. 고통은 고통 자체의 문제가 아니라 그것을 어떻게 받아들이고 해석하느냐의 문제인 것 같다. 고통 안에 각자에게 필요한 의미가 숨겨져 있다는 것을 시간이 흐른 후 발견하게 된다.

프랑스 작가 마르셀 프루스트는 어린 시절부터 심한 천식발작을 앓았다고 한다. 견디기 힘든 육체적 고통을 견뎌야 하는 것이 화가 나기도 했지만 그럴 때마다 고통이 펜을 이끌었다고 한다. 그래서 나중에는 고통에 애착을 느꼈고 자신에게 글쓰기는 고통 없이는 불가능하다고 고백했다. 슈베르트의 인생 말미에 작곡한 곡들은 매독으로 인해 견디기 힘들었던 고통이 깃들어 있다고 한다. 고통의 정신으로 빚어낸 아름다운 선율은 누군가의 삶을 견딜 수 있게 하는 치유의 역할을 하기도 한다. 프란츠 카프카 역시 자신의 글쓰기는 어두운 위력이 낳은 것이라고 고백한 바 있다. 그는 고통과 두려움으로 잠들 수 없을 때마다 글을 쓴다고 했다. 41세의 젊은 나이에 폐결핵으로 생을 마감하기 직전까지 펜을 놓지 않았다. 불운한 그의 삶에 글쓰기라는 창조적 작업이 없었다면 정신이상으로 끝날 수밖에 없었겠다는 생각이 든다. 마치 배우가 고통이라는 정서를 잘 담아두었다가 무대에서 토해내듯 예술가들은 저마다의 방식으로 고통을 꽃피웠다. 니체는 예술이 현존의 끔찍한 고통들을 마술로 사라지게 하는 능숙한 치료제라고 하였다. 그렇게 고통은 상상에 힘을 불어넣고 위대한 예술을 잉태하도록 이끌었던 것이다.

이쯤에서 질문을 해 본다. "고통은 사라져야 하는 것인가?"

'헤겔'에 따르면 정신은 오로지 고통을 통해서만 새로운 인식에, 더 높은 앎과 의식의 형태에 도달한다고 하였다. 고통 안에 머무른다는 것. 그것은 분열과 모순을 거쳐 정신을 변환시키는 변증법적 형성의 동력이라고 그는 말했다.

새로운 씨앗을 심고 싹이 나도록 하려면 거름을 주고 땅을 뒤집어 갈아엎는 작업이 필요하다. 세월이 흐르고 보니 켜켜이 쌓인 고통은 땅을 갈아엎을 때 꼭 필요한 거름이고 자양분이었다. 고통이라는 거름은 새로운 싹을 단단하고 튼튼하게 해준다. 고통이라는 자양분의 힘을 얻은 싹은 어떤 비바람에도 끄떡없다. 고통은 새로운 존재로 거듭나기 위한 토양분이다. 지나고 보니 죽을 것 같았던 고통스런 비극은 누군가를 치유할 수 있는 희극으로 승화되어 있었다. 대다수의 사람은 고통에 마취를 하여 그것의 의미나 감각을 차단한다. 무감각한 의식은 극단적 선택의 길로 이끌거나 희망을 시들게 한다. 그래서 영혼은 시름시름 병들어간다. 고통이 머물도록 허용하지 않는 그곳에 각자 스스로 '사유'와 '기다림'이라는 처방전을 내렸으면 좋겠다. 사유와 기다림을 복용하고 탄성을 받아 고통이 감사함으로 느껴질 때 그곳에서 희망의 씨앗이 피어날 것이다.

풍경을 멀리서 볼 때는 너무 아름답지만 가까이서 자세히 들여다보면 꼭 그렇지 않다. 누군가 베다만 톱질에 상처 난 나무가 있고, 애써 날라다 놓은 새둥지가 무너져 있기도 하다. 누군가의 발길에 작은 들꽃이 짓눌려 있기도 하고, 땅속 습기를 머금고 있어야 할 뿌리들은 땅 밖으로 나와 메말라 가고 있다. 그런 고통들이 모여 한 폭의 풍경을 이룬다. 삶은 이렇듯 고통과 아름다움이 버무려진 한 폭의 풍경화 같다. 풍경화 속 고통의 색깔은 때에 따라 시시각각 다르다. 그 빛깔이 빠지면 삶의 풍경화는 뭔가 심심하고 별로 아름답지 않을 것 같다. 밋밋한 풍경화는 별 감흥이 없다. 순탄한 주인공의 삶이 담긴 드라마보다 고통과 눈물을 자아내는 처절한 비극에 우리는 더 열광하지 않는가. 그 빛깔은 내 풍경화의 깊이를 더해줄 것이다.

날라리 심리치료사의 마음건강식단 레시피

어느 정도의 좌절을 겪어야 어른아이가 아닌

진정한 어른으로 성장할 수 있다고 심리학자 '하인즈 코헛'은 말했다.

그는 '최적의 좌절'을 강조했는데 그것은 고통일 수도 있고, 희망일 수도 있다.

삶은 이렇듯 늘 모순이 동시에 존재한다.

단지 우리가 무엇을 택하느냐의 문제인 것 같다.

내 안의 그림자

오늘 아침 신문을 보니 평소 내가 좋아하는 배우의 갑질 논란이 헤드라인에 떴다. 유명인이나 스타들의 갑질 논란이 어제 오늘만의 문제는 아니지만 내가 좋아했던 연예인이기 때문에 더 실망감이 컸다. 유명인들이나 스타들의 화려한 이미지 뒷면에 숨어 있는 또 다른 어두운 이면이 드러날 때 우리는 쉽게 비난을 하게 된다. 나 역시 그날 저녁 지인들을 만난 자리에서 안주 삼아 갑질하는 인간들을 씹어대며 과거에 갑질했던 사람들을 소환시켜 열변을 토했다. 지나고 보니 그렇게 흥분할 일이 아니었는데 나는 왜 그토록 민감하게 반응했을까를 생각했다.

분석심리학자 칼 구스타프 융이 창안한 개념 중에 '그림자'라는 용어가 있다. 그는 우리가 숨기고 싶은 자신의 열등하고 가치 없는, 원시적인 인간의 어두운 본성을 '그림자'라고 했다. 이것을 표면적으로 드러나는 나의 모습 이면에 드러내고 싶지 않은 어두운 자아로 표현했다. 누구나 저마다 상대방의 특정모습에 유독 민감하게 반응하고 그것이 싫어서 피하고 싶었던 경험이 있을 것이다. 사실 그 특정모습이 싫은 것은 내 안의 그림자가 그 사람에게 투사되었기 때문이라고 융은 말한다. 프로이트 역시 내 결점을 다른 사람에게서 발견한 경우 내 결점이 들킨 것 같은 불편함 때문에 상대방에게 불편함을 느낀다고 설명한 바 있다.

갑질하는 인간들이 싫다고 비난했던 나는 갑질을 하지 않았을까? 돌이켜 보니, 나 역시 무수히 갑질을 해대며 살아왔다. 동생, 친구, 학생, 후배, 자식 등등 내 안의 권력의 충동과 오만함을 그들에게 행사했던 것이다. 인정하고 싶지 않은 내 안의 그림자가 그 연예인을 통해 자극된 것이다. 보이고 싶지 않은 나의 어두운 면이 상대를 통해 나타나면 왠지 모르게 불편감을 느끼게 된다. 그래서 나에게로 향해야 할 비난이 상대로 향하게 된다. 그런 태도를 보이는 사람들에게 화가 나는 건 바로 내 안 저 깊숙이 들여다보고 싶지 않은 나의 그림자와 맞닿는 지점이기 때문일 것이다.

심리학적 의미에서 그림자란 바로 '나'라는 자아의 어두운 면, 즉 무의식적인 측면에 있는 나의 분신이다. 그림자는 의식의 밑바닥 열등하고 미분화된 채로 남아 있는 원시적이고 충동적이며 본능적인 또 다른 나의 자아라고 할 수 있다. 그러므로 그러한 그림자가 외부대상에 의해 투사되어 의식될 때는 부정적인 측면으로 나에게 다가오는 것이다.

자신의 그림자는 저마다의 방식으로 방어하고 피하며 보기 좋게 포장하여 거짓자아를 만들어내는데 우리는 능숙하다. 나 또한 마찬가지다. 눈에 보이지 않는 어두운 충동들은 내 삶의 배경에서 널뛰어 돌아다닌다. 그것이 누군가를 통해 보기 싫었던 나 자신을 만나게 되면 내 안에 그림자가 상대에게 투사되어 그 사람을 미워하고 불편해했던 것이다. 융의 표현에 따르자면 불편한 것은 그 사람이 아니라 바로 내 안의 그림자인 것이다.

우리는 살아오면서 자신의 그림자는 나쁜 것이고 보여서는 안 되는 것으로 길들여졌다. 나의 어두운 이면은 스스로 용납할 수 없어 그것과 마주하는 것을 거부하고 다양한 방식으로 어떻게든 피하려 한다. 그림자로부터 달아나는 것은 그 힘을 증폭시켜 그림자가 주도권을 쥐게 되고 그림자에게 통제당하는 꼴이 되고 만다. 정신건강 분야의 시장은 점점 더 커지고 무수한 치료법이 쏟아져 나오고 있지만 그림자는 여전히 건재하고 언제나 패배하지 않는다. 하지만 언제까지 나의 존재가 그림자에 의해 좌지우지되게 내버려둘 수는 없다. 스스로 내 안의 그림자를 인정해야만 한다. 이것은 참 하기 싫고 어려운 일이다. 그러나 그 위력을 있는 그대로 받아들이고 나 자신과 솔직하게 만나야만 그림자라는 악순환의 고리에서 벗어날 수 있을 것이다.

대체의학의 선구자인 디팩 초프라는 『그림자 효과』라는 저서에서 그림자를 다루는 방법의 비밀을 '의식'에 있다고 하였다. 더 높은 차원의 의식만이 인간 본성의 어두운 면에 대한 해답이라는 명쾌한 결론을 내렸다. 그에 따르면 나의 어두운 부분들이 분리될 때 오히려 그림자는 힘을 얻는다고 한다. 내 안의 나쁜 파편들이 분리되게 되면 자아의 중심과 접촉을 끊기 때문에 그와 반대되는 선함이라는 인격의 가면을 만들어 내기가 쉬워진다고 한다. '진정한 나'라고 하는 자아는 밝음과 어두움, 선함과 악함을 동시에 지니고 있는 존재라는 것을 깨달아야 한다고 강조한다. 나의 의식이 내 안의 어두움과 악함을 인정하고 수용하고 받아들일 때 그림자는 힘을 잃게 되고 비로소 새로운 참자아를 발견하는 것이라고 하였다. 그것이 융이 말하는 '자기(self)'일 것이다.

눈에 보이지 않는 내 안의 작은 괴물덩어리 그림자. 주의 깊게 스스로를 자각하지 않으면 결코 알 수 없는 미지의 괴물들은 누군가를 통해야만 발견을 하게 된다. 그러고 보니 그림자를 깨닫게 해 준 타자는 불편하고 미워할 대상이 아니라 오히려 고마워해야 할 존재가 아닌가 하는 생각이 든다. 누군가를 통해 자아 이면의 어두운 본성을 깨달아 '진짜 나'를 만나는 길을 열어준다. 유대인 철학자 마틴 부버의 멋진 말이 있다. "나는 너로 인하여 내가 된다." 나에 대한 깨달음은 타인이라는 존재를 통해서 타자와의 만남을 통해 인식된다. 공자가 말했던 '모두가 스승이다.'라고 했던 그 깊은 뜻을 이제야 조금 알 것 같다. 그림자효과 덕분에 '진정한 나'에게로 가는 여러 개의 지름길 중 하나를 알게 되어 반갑다. 썩 내키지는 않지만 본연의 나에게 이르기 위해 내 안의 그림자와 끊임없이 만남을 시도할 것이다. 오늘도 내가 만나는 사람들을 통해 내 안의 그림자라는 미지의 영역을 탐험한다. 그것은 아마도 죽는 날까지 계속될 것 같다.

날라리 심리치료사의 마음건강식단 레시피

나는 어떤 인간이 가장 싫은가?

싫은 이유를 깊이 있게 살펴보자.

그것은 또 다른 나의 모습이지 않을까?

'나이 듦'의 설렘

지인과 통화했다.

"이제 그만 싸돌아 다녀야겠어."

"나이 먹어서 그래."

대뜸 나이를 들먹이는 반응에 순간 발끈했다. 나이 얘기에 발끈하면 진짜 나이 먹은 거라고 한다. 그래서 아무렇지 않은 척 넘어갔다. 나이 먹은 걸 인정하고 싶지 않았나보다. 마음은 20대 초반이라고 떠들고 다니면서 나이 얘기에 전과 같지 않게 민감해졌다. 확실히 나이가 들었다는 얘기다. 프랑스 철학자 보부아르도 지금의 딱 내 나이 때 나와 비슷한 생각을 했던 것 같다. 그녀는 초록의 물결이 넘실대는 어느 날 파리행 열차를 탔고 이런 글을 남겼다. '주위를 둘러보니 눈에 보이는 사람 중 내가 가장 나이가 많다는 사실을 깨닫는다. 요즘 이런 일이 자주 일어난다. 이렇게 갑자기 주위에 젊은이들이 많아지다니 당혹스럽다. 이유를 설명할 수 없다. 하지만 확실한 건 나와는 아무런 관계가 없다는 것이다. 나는 늙지 않았다.' 그녀가 했던 말이 공감이 된다. 거울을 보면 예전 같지 않은 내 모습에 당혹스러울 때가 있다. 그러면서 나도 애써 속으로 되뇌어 본다. '나는 아직 젊어!'라고 말이다.

어쩌면 나이 듦에 대한 보편적 심리일지도 모르겠다.

한 해가 거듭될수록 '나이 듦'에 대한 것들을 생각하게 된다. 나와 비슷한 또래를 만나면 늘 듣는 말이 있다. '이 나이에 무슨', '나이 들어서' 등의 말에는 한탄이 섞여 있다. 건강에 대한 열띤 대화가 오고 간다. 그럴 때마다 드는 생각은 나이 듦을 어떻게 받아들이며 살지가 참 중요하다는 생각을 하게 된다. 나는 아직 젊다고 느끼고 그렇게 산다면 젊은 것이다. 나이 듦을 걱정하면서도 그에 대한 대처는 그다지 적극적이지 않은 경우가 많다. 관절에 좋은 영양제를 먹고 병원을 좀 더 자주 가는 것밖에는.

젊고 나이 듦에 대한 기준이 정확히 무엇인지는 모르겠지만 젊은 시절을 회상하며 "그때가 좋았지."라고만 할 것이 아니라 그 시절처럼 살면 된다. 여기 저기 아프다고 말하는 사람을 보면 여기 저기 아플 수밖에 없는 삶을 산다. 중년기로 접어들면 젊음을 선망하며 젊어지고 싶어 한다. 방법은 간단하다. 젊게 살면 되는 것이다. 우리 몸은 움직이지 않는 만큼 늙는다. 움직이지 않는 만큼 기력이 없어진다. 나이 들어 기력이 없어진 것이 아니고 기력이 없기 때문에 나이 드는 것이다. 삶의 열정이 없어지고 배움을 중단하는 순간부터 우리 몸의 세포는 가파르게 노화된다는 걸 뇌 과학에서 증명하고 있지 않은가.

최근 UN에서는 연령 분류 표준에 대한 새로운 규정을 발표했다. 발표한 연령대별 분류를 보면 18세부터 65세까지를 청년, 66세부터 79세까지를 중년, 80세부터 99세까지를 노년, 100세 이후는 장수노인으로 나누었다. 이는 천수인 120세까지 살 것이라고 예상하고 만들었다고 한다. 하버드대 엘렌 랭어 박사의 '시계 거꾸로 돌리기'라는 연구가 방송에 소개된 적이 있다. 여덟 명의 노인을 20년 전의 환경에서 생활하게 했더니 그들의 신체 나이와 지능 등이 20년 전 수준으로 돌아갔다는 내용이었다. 그렇다면 나이는 관념에 불과한 것인가? 나이는 숫자에 불과하다는 것을 증명한 연구라고 믿고 싶다. 아무튼 열정을 불태울 수 있는 환경을 적극적으로 찾아 나섰으면 좋겠다. 활력이 떨어질수록 늙고 우리는 기대한 대로 늙어 간다.

얼마 전 우연히 TV에서 오디션 프로그램을 보다가 락커로 도전한 70대 여성을 보았다. 아니 그 모습은 내 버킷리스트에 있는 것이 아닌가? 가죽 미니스커트에 하이힐을 신고 무대에 선 당당함에 매료되었다. 더 놀라운 건 20대 빰치는 보이스를 가졌다는 것이다. 그런 성량을 유지하기까지 얼마나 꾸준한 노력을 했을까? 도무지 노인으로 보이지 않았다.

자주 가는 도서관이 있다. 갈 때마다 늘 같은 자리에 앉아 책을 쌓아놓고 보는 90대 정도의 남성이 있다. 어느 날 무슨 책을 그렇게 보는지 궁금해서 살짝 곁눈질을 했다. 정치, 경제, 철학, 문학 등 장르도 참 다양했다. 속으로 생각했다. '저 분이 진짜 부자다.' 책을 옆에 쌓아놓고 그렇게 시간 가는 줄 모르게 지적 향유를 즐기고 있으니 세상 부러울 것이 또 있겠는가 싶다. 미국의 작가 수전 손택의 말처럼 그분에게 독서는 여흥이고 휴식이며 위로인 듯 보였다. 그 도서관을 갈 때마다 생각한다. "할아버지 지금 계실까?" 언제부턴가 그 할아버지는 나의 뇌리 속에 점점 각인되고 있다. 한결같은 모습에서 어떤 역사를 가지고 계신지 궁금해졌다. 어쩌면 따뜻한 커피 한잔과 메모지를 건넬지도 모른다. "시간되시면

같이 얘기 좀 해도 될까요?"

쇼펜하워는 『행복론』에서 이런 말을 했다. '오래 살았음에 경험이나 지식이 더 풍부하고 그래서 자신의 역량을 충분히 즐길 수 있다.'라고 말이다. 연륜으로부터 무르익은 원숙미는 오랜 세월을 묵어야 빛을 발한다. 나이 듦에는 삶의 경험이 빚어낸 원숙미가 있다. 젊을 땐 결코 지닐 수 없는 것이다. 그러니 젊음을 그리워하고 부러워하기보다는 지금 딱 이 나이에만 가질 수 있는 아름다움을 찾는 것이 무엇보다 중요할 것 같다. 젊음의 싱그러움과 나이 듦의 원숙미를 동시에 가질 수 있다면 더 좋겠지만.

〈로미오와 줄리엣〉에 이런 대사가 나온다. '많은 노인은 죽은 자처럼 보인다. 납처럼 답답하고 느리며, 무겁고 창백하다.' 예전에는 이 대사가 부정적으로 와 닿았다. 노인에 대한 부정적 편견으로 저렇게 늙으면 어쩌지 하는 마음도 컸다. 하지만 같은 대사에 연륜을 더하니 새롭게 다가온다. '나이 듦'이라는 건 납처럼 묵직하고 강인하면서도 느긋하다는 것. 늙음이 아름답다고 말할 수 있는 건 세상을 바라보는 여유가 생기고 좀 더 풍요로운 해석으로 삶의 의미를 되짚게 한다는 것이다. 어느 철학자가 말했다. 진정한 젊음을 가질 수 있는 시기는 육체적 젊음이 끝날 때 즈음이라고. 난 이 말을 마음에 새겼다. 그럼 난 이제부터 젊음을 새로이 취했으니 두 번째 젊음은 명랑성과 호기심으로 좀 더 담대히 세상을 탐험하리라 다짐해 본다.

에드워드 사이드의 『말년의 양식에 관하여』에서 저자는 몇몇 예술가들의 말년의 작품에 주목한다. 그들은 체제에 저항했고 시대에 길들여지지 않았다는 공통된 특징을 가지고 있다. 작품은 하나 같이 실서를 위반하고 예측을 벗어나며 파격적이다. 그들은 사물을 집중하여 꿰뚫는 몰입과 똘기의 독특한 감수성이 있다. 도무지 지루함이라고는 찾아볼 수 없다. 예민하고 민첩하고 자신감 충만하다. 남을 결코 흉내 내지 않았던 이들에게서 야수의 눈빛이 떠오른다. 평범함을 거부했던 이들의 말년은 그렇게 치열했다. 내가 이들에게 반한 건 야수의 눈빛이다. 비통하든 애통하든 격정적이든 이들은 말년까지 야수의 눈빛을 잃지 않았다는 것이다. 보편성을 따르지 않았던 이들의 희소가치는 빛이 났고 그렇게 찬란한 저항을 하며 생을 마감했다. 누군가는 고립적이고 폐쇄적이며 제정신이 아닌 사회부적응자라 말할지도 모른다. 하지만 격렬하게 자신과 세상에 충돌했던 이들을 통해 독보성과 희소적 가치를 내 삶에 새긴다.

남들이 다 가는 그런 길이 아닌, 이미 많은 사람들이 거쳐 간 편안한 길이 아닌, 아직 길이 나지 않아 인적이 드문 샛길로 향할 것이다. 샛길로 가며 남들이 보지 않는 것을 보고, 남들이 듣지 못하는 것을 듣고, 남들이 느끼지 못하는 것을 느낄 것이다. 지금까지 살아오며 길들여진 관습적 틀 안에서 세상을 보지 않고, 나만의 마음이 닿고 시선이 향한 세계가 나를 관통하게 내버려 둘 것이다. 그것을 사유하며 '나이 듦'과 벗할 것이다. 아직 살아보지 않은 나의 미래가 임재범 콘서트를 코앞에 둔 것만큼이나 설렌다.

날라리 심리치료사의 마음건강식단 레시피

저자가 실천하는 건강하게 나이 드는 방법!

1. 웬만하면 걷는다. 무식할 정도로.

2. 설레는 취미활동에 몰입한다.

3. 스트레스 받으면 롤러 장으로 고고.

4. 오버해서 웃는다. 별로 웃을 일이 아닌데도 박장대소. 근데 난 진짜 웃기다.

5. 무엇을 먹을지보다 안 먹을지에 신경 쓴다.

6. 홀로 사색한다.(나만의 공간, 나만의 시간 반드시 필요)

7. 잘 자고 많이 잔다.

소소한 행복, 가뿐하게 레이 업!

자녀 때문에 고민이 많은 어떤 엄마에게 물었다.

"자녀에게 가장 바라는 것이 무엇인가요?"

"그냥 아이가 행복했으면 좋겠어요."

부모들의 공통된 마음일 것이다. 부모들은 자녀가 행복하게 살기 위해 최선을 다하는데 자녀는 행복하지 않다. 많은 사람들이 행복한 삶을 위해 치열하게 열심히 살지만 그럴수록 행복은 더 멀리 달아나는 듯하다. 사는 목적이 행복을 위한 것이라는데 왜 우리는 행복을 느끼기 힘들까? 대체 행복이란 무엇일까?

온통 행복을 예찬하는 사회적 분위기다. 이를 위해선 긍정적으로 사고해야 한다고 한다. 긍정적인 사람들이 환영받는다. 불행하게 보이고 부정적이면 왠지 날 멀리할 거 같아서 억지 긍정을 쥐어짜내며 행복의 이미지를 만들어낸다. 다들 그런 분위기로 그렇게들 보이니 나도 왠지 그래야 할 것만 같다. 거짓된 착한 긍정으로 공허한 접촉의 일상을 바동거리기도 한다. 긍정의 색안경을 쓰고 금방이라도 훅 불면 날아갈 것 같은 모래성 위에 행복의 집을 짓는다. 언제 무너질지 모를 위태로움은 그래도 긍정해야 하고 행복해야 한다고 강박적 주문을 부르짖으며 버틴다. 현실과 허구적 삶을 넘나들며 위장술은 더욱 세련되고 정교해진다. 각종 미디어매체의 행복마케팅에 현혹되기도 한다. 그래서 더욱 내 안에서 찾아야 할 행복이 외부에 저당 잡혀 끌려다니고 있는 건 아닌지 생각해보게 된다.

내가 살아갈 내 인생과 그 인생에 몸담을 나 자신에 대한 깊은 이해와 사유 없이는 행복도 긍정도 모두 거짓일 수 있다는 생각이 들었다. 남이 전하는 긍정, 남이 겪었던 행복은 나와 무관하다. 그것을 예찬하는 분위기일수록 그렇지 못한 사람은 더 고립될 수도 있고 자괴감이 들 수 있다.

지구상에 인류가 등장한 이래 요즘처럼 잘 먹고 잘 사는 시대는 없었다고 한다. 근데 왜 자살률은 점점 늘어만 가고 스트레스로 인해 정신병원을 찾는 이들이 늘어만 갈까? 불과 몇 십 년 전에는 상상조차 할 수 없을 정도로 경제적 풍요를 누리고 있는데도 말이다.

물질의 풍요로움 속 문명이 준 편리함과 혜택을 한껏 누리고 있는 요즘이다. 끼니를 때우는 걱정이 아닌 무엇을 먹어야 할지 메뉴 걱정을 하는 시대에 살고 있다. '워라벨'을 추구하는 이들은 웰빙을 찬양하며 행복 레시피를 찾는다. 하지만 실제로 행복을 느끼는 사람들은 상대적으로 적다고 한다. 인간은 누구나 행복을 꿈꾸고 추구하지만 이 행복감을 갖기란 너무 어렵고 멀기만 하여 포기하게 된다고 한다. 이것을 긍정심리학에서는 '행복의 딜레마'라 부른다. 행복을 주제로 한 강연과 책들이 넘쳐나고 힐링과 웰빙 시대에 발맞추어 가장 많은 관심을 불러일으키고 있지만 '행복딜레마'는 여전히 난항이다.

행복을 위해서는 삶을 긍정해야 한다고 말한다. 도무지 긍정할 수 없는 이들은 행복은 나와 무관한 것이라며 포기한다. 자포자기하며 세상과 담을 쌓기도 한다. 대다수의 행복에 관련된 책들을 보면 어떤 삶이 행복한 삶인지 마치 규정되어 있는 듯하다. 행복을 위한 마음가짐, 삶의 태도, 수많은 행복 방정식 등을 소개한다. 그것들에는 긍정심리가 근간을 이룬다. 왠지 지금까지 살아왔던 방식, 습관, 관점 등을 전면적으로 뜯어

고치는 의지적 노력이 있어야 행복한 삶이 가능할 거 같다. '이런 노력을 한다고 행복해질까?' 반문이 들었다. 대다수가 꼭 같은 노력을 할 필요도 없고 긍정감정과 행복이 꼭 맞물려 돌아가지 않을 수도 있지 않은가. 돈이 있어야 가능할 거 같은 남들 다 하는 그런 화려한 행복 말고 소박하지만 나만의 진짜 행복이 필요하다. 그것은 에피쿠로스가 말한 작지만 잔잔한 쾌락일 것이다. 그의 표현에 따르자면 인간은 욕망이 충족되어질 때 쾌락이라는 감정을 얻고 그것을 곧 행복이라고 하였다. 그가 말하는 욕망은 충족되어져야 할 욕망과 억제되어야 할 욕망을 엄격히 구분한다. 욕망을 느끼는 상황에서는 적합한 사고를 하고 그에 따른 행동을 할 줄 아는 능력이 전제되어야 한다고 강조한다. 그러면서 그는 작은 욕망의 작은 쾌락을 추구했다. 큰 욕망의 큰 쾌락은 더 큰 욕망과 더 큰 쾌락으로 인해 결국 불행이나 파국을 가져올 수도 있기 때문이다. 강렬한 찰나의 쾌락은 더 큰 후회와 더 큰 불쾌를 가져오기 때문에 위험하다고 보았다. 그가 말하는 쾌락은 정신적 쾌락이다. 작지만 소소한 기쁨을 느끼는 즐거움, 누려도 누려도 없어지지 않는 약하지만 지속적이고 안정된 쾌락이 필요하다고 보았고 그것을 그는 진정한 행복이라고 했다.

나에게도 소소한 일상에서 매일 느끼는 약하지만 지속적인 쾌락이 있다. 두 개의 다이어리를 스티커로 꾸미고 다양한 색상의 펜으로 스케줄뿐 아니라 그날의 기분이나 이슈 등을 적는다. 여백은 내 감정과 느낌 등이 충만하게 그려져 있다. 단골 카페의 내 지정석에서 바리스타가 내려준 커피 한 모금과 함께라면 더할 나위 없다. 누군가 나에게 언제 '소확행'을 느끼는지 물었다. 너무 많다고 하니 딱 하나만 말해보라고 했다. 그것은 저녁노을 지는 시간의 산책이다. 자연적 욕망이 충족된 잔잔하지만 확실한 행복이다. 행복은 결코 화려하지도 거창하지도 않다. 본연의 욕망이 빠진 꾸며진 행복은 '공허'라는 구멍이 달려 있다. 남들 다 가진 그런 행복 말고 나만의 행복을 찾았으면 좋겠다. 우울한 상황일지라도 시선만 돌리면 뜻하지 않은 것들에서 잔잔한 기분 좋음을 누릴 수 있다.

신영복의 『감옥으로 부터의 사색』에 이런 말이 있다. '그 자리에 땅을 파고 묻혀 죽고 싶을 정도의 침통한 슬픔에 함몰되어 있더라도, 참으로 신비로운 것은 그처럼 침통한 슬픔이 지극히 사소한 기쁨에 의하여 위로된다는 사실이다. 큰 슬픔이 인내되고 극복되기 위해서는 반드시 동일한 크기의 커다란 기쁨이 필요한 것은 아니다. 작은 기쁨이 이룩해내는 엄청난 역할이 놀랍다.' 에피쿠로스가 말했던 작지만 소소한 기쁨이 이런 것이 아닐까? 잔잔하게 지속적인 그것을 찾아 내 삶의 골대에 가뿐하게 레이 업!

날라리 심리치료사의 마음건강식단 레시피

주 1회 '나를 위한 날'을 정한다.

그날만큼은 오로지 나에게 집중한다.

하루하루 버티며 애쓰고 수고하는 나에게 잔잔하고 소소한 기쁨을 선사하자.

내 삶 속 어딘가에 숨어 있는 소소한 기쁨들을 찾아보자.

삶을 좀 더 맛나게 음미하기

치유

그런 사람을 가졌나요?

지독한 외로움을 호소하는 고등학생 남자아이가 있다. 그 친구는 매번 만날 때마다 친구가 없다고 푸념을 한다. 주변에 수다 떠는 애들은 많아도 자신의 진짜 속마음을 털어놓을 친구가 없다는 것이다.

"친구가 없어요."

"나도 없어."

"그럼 선생님은 속마음을 누구한테 털어놔요?"

"털어놓고 싶을 땐 일기에 쓰지."

"아 일기 쓰는 건 싫은데."

"그럼 대나무 숲을 찾아가서 외쳐! '임금님 귀는 당나귀 귀.'"

그날 대화는 그렇게 농담으로 마무리 했지만 집으로 오는 길 '친구'에 골똘했다. 피타고라스는 "자신의 마음을 다치지 않게 할 유일한 방법은 우정이다. 마음속에 걱정거리가 있는데 속마음을 털어놓을 친구가 없다면 마음이 얼마나 상하겠는가?"라고 말했다. 그의 말처럼 이 나이 먹도록 정말 진솔한 대화를 나눌 친구가 없다는 것에 한 번씩 슬퍼질 때가 있긴 하다. 아주 가끔이라 다행이긴 하지만.

갑자기 예전에 헤르만 헤세의 『나르치스와 골드문트』를 읽었던 기억이 난다. 아름답고 따뜻하면서도 무척 시리고 아팠던 느낌이랄까. 도덕적 규율, 누군가에 의해 정해진 기준에서 벗어나 정처 없이 방랑자처럼 떠돌고 싶은 자유로운 영혼이 있다. 내면의 욕망에 더 충실하고 싶었고 자유롭게 고독과 현실을 오가며 삶의 덧없음을 느끼고 팠던 그 이름은 골드문트. 그는 차가운 이성보다는 뜨거운 열정, 관념보다는 감각적 삶을 추구하는 현실에 발이 묶인 이상주의자였다. 그런 그의 본성을 단번에 직감하고 천성을 찾도록 도와준 친구가 있었으니 그는 나르치스였다. 골드문트에게 나르치스는 우정을 넘어 상처받은 영혼의 치유자였다. 나르치스는 골드문트에게 어떤 조언도 하지 않았다. 그저 꺾여 있는 날개를 활짝 펴고 날아갈 수 있도록 지지해주고 힘을 주었다. 이렇듯 친구란 보이지 않아도 어디에나 존재하는 공기처럼 늘 함께 있다는 든든함과 편안함을 주며 무언가를 바라지 않는다.

요즘은 조건을 보며 나에게 이익이 될지 말지 계산을 하는 얄팍한 관계도 친구라 부른다. 단순히 즐기고 노는 사이도 친구라 부른다. 필요하면 접근해서 친구라 하고 필요한 것을 얻으면 가차 없이 떠나기도 한다. 감정의 배설구가 필요해서 만남을 갖기도 한다. 그런 만남들은 유효기간이 짧다. 언제든 만남을 철회할 준비가 되어 있는 물질과 필요와 이익이 뒤섞인 취약한 우정이다. 그러고 보니 나는 친구에 대한 기준도 분별력도 참 많이 부족했다. 친구란 모름지기 '환상의 티키타카, 웃음코드, 유머코드'가 잘 맞아야 한다고 생각했다. 나와 비슷한 또래는 고리타분하다는 이유로 잘 만나지 않았다. 한 사람의 깊이와 진중함은 보려 하지 않았다. 나의 실없는 지껄임을 재치 있게 받아 센스 있게 토스해주는 친구들과 주로 어울렸다. 그래서 이 나이 먹도록 깊이 있게 대화를 나눌 만한 친구가 없는지도 모르겠다.

아리스토텔레스는 『니코마코스 윤리학』에서 우정을 세 가지로 분류했다. 유익을 이유로 한 우정, 즐거움을 이유한 우정, 탁월성에 근거한 우정이 그것이다. 유익이나 즐거움의 우정은 상대로부터 어떤 좋음이나 이익이라는 조건이 전제되기 때문에 자신이 원하는 이익이나 즐거움을 주지 못한다면 그 우정도 끝나게 된다고 한다. 반면 탁월한 우정은 이해관계를 떠나 신뢰감으로 맺어졌기 때문에 오랜 세월 유지된다고 한다. 내가 정말 좋아하고 많이 아끼는 동생이 있었다. 이유 없이 그냥 좋았다. 그래서 그 친구가 원하는 것은 웬만하면 다 들어주고 싶었다. 그런데 어느 날 갑자기 연락을 끊었다. 알고 보니 내가 참석하는 어떤 모임에 그녀도 참석하기를 원했는데 그 모임의 참석이 불발되자 돌변했다. 사실 이와 같은 비슷한 경험은 한두 번이 아니다. 나는 그냥 순수하게 좋아했는데 상대는 어떤 이해관계 때문에 나에게 접근한 경우 말이다. 그런 일을 몇 번 겪고 나니 인간에 대한 회의감이 들기 시작했고 아무에게도 마음을 열지 않기로 결심했던 적이 있다.

고대 로마 철학자 키케로는 우정은 특별한 이익을 추구하지 않더라도 우정관계를 맺는 동안은 이익이 생기게 마련이라고 했다. 그것이 어떤 이익인지 정확히 잘은 모르겠지만 나르치스와 골드문트의 관계에서처럼 서로가 어디에 있든 그 존재만으로 든든하고 그 존재만으로 행복한 포만감이 느껴지는 그런 이익이 아닐까 싶다. 진정한 친구라면 서로를 통해 깊게 통찰하고 서로를 통해 좀 더 나은 내가 되기 위해 노력하게 될 것이다. 그저 있는 그대로의 나로 가장 자연스럽고 편안한 관계, 그 안에서 서로 함께 고독의 즐거움을 만끽할 수 있는 그런 친구였으면 좋겠다. 그렇게 충족된 두 존재의 만남은 홀로 있는 고독의 즐거움을 능가할 것 같다. 서로를 통해 고독의 깊이가 한층 더 성숙되는 그런 사람을 갖기란 참으로 어렵다. 마음이 통하여 백 마디 말이 필요 없고 이제야 만난 것을 한탄하며 서로를 아껴주는 그런 친구를 가진 이가 있다면 세상에서 가장 부러울 것 같다.

학창시절에 만났던 친구들은 세월이 흐른 뒤에도 우정이 변치 않는다고 하지만 나의 경우는 그렇지 않다. 그렇게 친했던 친구들도 나이가 들어 만나게 되니 왠지 모를 이질감으로 불편함을 느낀다. 온갖 브랜드 이야기와 남편과 시댁, 자녀 이야기들이 나에겐 먼 나라 이야기로 들린다. 따분하기 그지없다. 속으로 '아 진짜 주파수 안 맞네.'라고 투덜거리며 휴대폰 시계만 쳐다본다. 시간 들여 앉아 있는 것이 헛짓거리로 느껴지니 바쁘다고 핑계대며 피하게 된다. 나이 들어 만난 사람들과는 우정 맺기가 쉽지 않다고 하는데 그건 또 꼭 그렇지만은 않은 것 같다. 인연의 때

나 시기가 다를 뿐 언젠가는 나에게도 나르치스와 같은 멋진 친구가 나타나길 기대해본다. 하지만 내가 힘들고 어려울 때 누가 나에게 도움을 줄 수 있는지보다 친구의 무거운 고통의 짐을 기꺼이 함께 나누어 짊어질 수 있는 준비가 되어 있는지부터 생각을 해봐야 할 것 같다.

공자는 좋은 친구와 함께 지내는 것은 마치 난초의 방에 들어간 것과 같아서 함께 오랜 시간 있다 보면 친구의 그 향기에 동화된다고 하였다. 이것을 '지란지교'라 한다. 자기만의 향기를 지니고 있으면서도 그것을 억지스럽게 뿜어내려 하지 않고 상대가 그 향을 맡아도 수줍게 감추려 하는 그런 친구가 그립다. 한적한 숲속 바위에 걸터앉아 막걸리 나누어 마시며 말하지 않아도 서로의 깊이를 느끼고, 말하지 않아도 어색하지 않고, 말하지 않음이 더 편안하여 그렇게 함께 침묵하며 감미로운 교감을 나눌 수 있는 친구가 그립다. 앞으로의 여정에서 그런 친구를 만나게 된다면 나는 이렇게 외칠 것이다. "그런 벗이 있어 기쁘지 아니한가!"

날라리 심리치료사의 마음건강식단 레시피

나에게 있어 진정한 벗이란?

그런 사람을 가졌나요?

당신의 스트레스는 안녕하십니까?

물질적 풍요 속 정신적 빈곤은 깊어만 가고 생계를 위한 밥벌이를 하느라 오늘도 사람들은 치열한 삶의 전장 속으로 뛰어든다. 출퇴근 시간대에 전철을 타는 일이 거의 없지만 어쩌다 한 번씩 그 시간에 전철을 타게 되면 정말 놀랍고 경이롭기까지 한 장면들과 마주한다. 인파에 밀려 옴짝달싹할 수 없는 내 몸은 사람들에 떠밀려 이리저리 정신없이 움직임을 당하고 누군가에게 발이 밟히며 내려야 할 정거장이 아닌데도 몇 번씩 내렸다 다시 타기를 반복한다. 급하게 타느라 가방과 옷자락이 문에 끼는 상황이 발생하기도 하고 그나마 몸을 싣지 못한 승객은 발을 동동 구른다. 북새통을 이루는 지하철 통로나 계단에서 승객들을 통제하고 동선을 관리하는 안전 요원은 어디에도 찾아볼 수 없다. 전철에서 내려 개찰구까지 이어지는 계단에서 인파로 꽉 차 한 발도 움직이기 힘든 적도 있었다. 말로만 듣던 출퇴근 지옥철을 직접 경험하고 나니 직장인들이 가히 존경스럽기까지 하다. 그렇게 한바탕 전쟁을 치르고 회사에 도착하면 또 다른 스트레스가 기다릴 것이다. 대다수의 사람들이 매일매일 생존을 위한 치열한 전투전을 해야 하는 것이 현실이다. 오로지 수능만을 위해 내달려 대학 합격의 기쁨도 잠시, 취업준비로 또 내달려야 한다. 가까스로 입사한 직장은 사회초년생들에게 여러 가지 실망감을 안기며 내가 이러려고 지금까지 열심히 달려왔나 하는 회의감마저 들게 한다.

얼마 전 주말에 지인을 만났다. 그녀는 며칠간 계속되었던 지옥의 서바이벌 면접이라는 관문을 뚫고 모기업에 합격했다. 출근한 지 얼마 되지도 않았는데 이미 지쳐 있었다. 상명하달식의 조직문화에 불만을 이야기하며 직속상사의 말은 곧 법이라고 했다. 식사를 하던 중 휴대폰이 울렸고 그녀는 휴대폰을 보자마자 테이블에 탁 내려놓더니 받지 않았다. 그리고 식사도 중단했다. 상사에게 걸려온 전화였다. 주말에도 은근한 업무는 계속되고 있는 듯했다. 갑자기 입맛이 떨어졌다며 한동안 말이 없던 그녀의 얼굴에서 얼마나 많은 스트레스를 받고 있는 상태인지 감지할 수 있었다. 어디 기업뿐이겠는가. 직장의 조직문화 경험이 없는 내가 전해들은 바로는 대부분의 스트레스는 업무 자체보다는 업무와 관련된 사람 때문이다. 큰 기업조차 역할분담의 모호함으로 불필요한 신경전을 벌여야 하고 여전히 성차별이 존재하고 있다고 한다. 고객을 상대해야 하는 서비스직 종사자들도, 민원을 상대해야 하는 공무원들도 마찬가지다. 며칠 전 볼일이 있어 주민 센터에 방문했더니 아수라장을 방불케 했다. 뭔가 불만을 토로하는 중년의 남자는 나이 어린 행정 직원에게 반말로 소리 지르듯 말하였고 한쪽에서 한 할머니는 여자 행정직원을 붙들고 업무와 관련이 없는 사생활을 끊임없이 말하고 있었다. 공무원들의 표정은 모두가 하나같이 로봇처럼 딱딱했다. 간호사로 근무하는 지인은 자신은 환자들 짜증 받아주는 쓰레기통 같다고 하며 연봉만 아니면 당장 때려 치고 싶다고 했다. 요즘엔 어딜 가도 고객을 응대하는 서비스직 종사자들의 표정이 밝지 않다. '감사합니다.'라고 외치는 멘트에는 전혀 감흥이 없다. 별의별 사람들을 상대해야 하니 그 스트레스가 오죽하겠는가 싶어 안쓰러운 마음이 든다.

연구에 따르면 직무만족도가 삶의 만족도의 주된 요인이라고 한다. 대부분의 사람들이 직업관련 스트레스를 경험하고 있으며 이는 건강의 적신호로 연결된다고 한다. 직급이 올라갈수록, 여성일수록 직무 스트레스는 더 크게 나타난다고 보고되었다. 책임을 더 강하게 요구받고 특히 여성은 일과 육아를 병행하며 악으로 깡으로 버티기도 한다. 발을 동동 구르게 되는 상황이 비일비재하다. 과거에 비해 일을 하는 여성이 비약적으로 늘었지만 그에 따른 복지나 처우는 여전히 미흡한 것이 현실이다.

나 역시 아이를 낳고 일을 했다. 주말부부로 남편은 늘 바빴고 두 아이의 육아는 오롯이 내 남낭이었다. 매일 출퇴근을 해야 하는 직장은 아니었지만 지방에 강의나 수업이 있는 날이면 어린이집 교사에게 굽실거리며 조금만 더 봐달라고 부탁을 해야 했다. 어느 날 일이 늦어지고 유난히 그날따라 길이 막혀 아이를 늦게 데리러 간 적이 있었다. 어린이집 문을 열었을 때 그 싸한 공기는 지금도 잊을 수가 없다. 혼자 남아 엄마를 애타게 기다렸을 아이를 안고 집으로 오며 처한 현실의 서글픔을 온 몸으로 느꼈었다. 한창 에너지가 왕성한 아이들은 시도 때도 없이 놀아달라고 보채고 놀아도 놀아도 아이들의 체력은 지칠 줄 몰랐다. 내 인생 그래프를 보면 그때가 스트레스 지수 최고점을 찍었던 때다. 지금도 어린이집을 지나치며 퇴근하고 아이를 데리고 가는 엄마들을 볼 때면 애쓴다고 등이라도 두드려주고 싶은 심정이다.

아빠들은 또 어떤가. 아빠들을 상담하다 보면 내가 생각했던 것보다 훨씬 더 많은 스트레스로 괴로워한다. 아무리 힘들어도 대다수의 남자는 속내를 잘 들어내지 않는다. 도움을 요청할 줄도 모르고 대부분 그저 일시적 회피본능에 자신을 맡긴다. 하지만 상담을 하면서 공감을 하고 이해 받고 있다는 느낌이 들게 되면 오히려 여자보다 더 많은 하소연을 하며 속내를 털어놓기도 한다. 부부간 속 깊은 대화를 제안하면 '어차피 말해봤자.'라는 심리가 저변에 깔려 있고 그냥 입을 닫고 사는 게 속 편하다고 한다. 홀로 한잔하거나 게임이나 하면서 잠시 스트레스를 푸는 정도다. 여자들의 수다는 고민을 털어놓으며 정서적 대화가 오고 가는 경우가 많지만 남자들의 수다는 감정이 빠진 정치적 이슈가 대부분이다. 대부분의 시간을 직장에서 보내고 늦은 저녁 퇴근을 하면 '육아를 도와주겠지.' 하는 아내의 부담스러운 시선이 느껴진다고 한다. 그런 아내의 눈치를 보며 힘들지만 나름 최선을 다해 아이와 놀아준다고 한다. 그러면 또 어떻게 놀아야 하는지도 사사건건 참견한다고 한다. "상담선생님이 아이와 놀아줄 때는 이렇게 놀아주라고 했어."라고 하면서 말이다. 그러면 화가 치밀어 순간 욱하기도 하지만 싸움으로 번질까 봐 그냥 꾹 참고 방으로 들어가 버린다고 했다. 그래서 차라리 일부러 야근을 잡는 아빠들도 많다고 한다. 어린 자녀를 둔 부모는 직무 스트레스에 육아 스트레스까지 더해 부부간 대화가 단절되고 갈등의 골은 점점 깊어가는 것이 현실이다.

외래환자 대부분은 스트레스로 병원을 찾고 점점 약물에 의지하는 빈도수가 높아지고 있다. 많은 이들이 건강하지 못한 방법으로 일시적으로나마 스트레스를 해결하고 있다. 만성적 스트레스는 무거운 쇳덩이를 어깨에 짊어진 거 마냥 일상이 무겁고 버겁기만 하다. 스스로 극복할 수 있는 힘이 소진되어 버린 이들은 누군가에게 도움을 요청해야 한다. 힘들면 힘들다고 말도 못하고 혼자 전전긍긍하며 병을 키우는 이들이 꽤 많다. 도움을 청하는 것은 결코 패배한 것이 아니며 자신이 약하다는 것을 증명하는 것도 아니다. 인간은 누구나 도움을 받고 도움을 주며 그렇게 살아간다. 도와달라고 말하는 건 결코 부끄러운 것이 아니다. 거절당하면 어쩌지 하는 생각은 접어두고 일단 표현을 해보자. 거절한 쪽이 문제지 거절당한 것은 전혀 문제가 되지 않는다. 스트레스가 쌓이고 쌓이면 눈덩이처럼 불어나 결국엔 그것이 나라는 존재를 삼켜버릴 수도 있다. 그렇게 스트레스는 무섭다. 괜히 만병의 근원이라는 말이 있는 것이 아니다. 적극적으로 해결방법을 찾아야 한다. 주변에 내 속마음을 털어 놓을 사람이 있는지, 힘이 되어주는 사람이 있는지 살피는 것은 중요하다.

거의 모든 스트레스는 관계에서 비롯되지만 또 관계로 인해 위안을 얻고 해결이 되기도 한다. 거절당할까 봐 미리 걱정하지 말자. 일단 내 마음을 알리고 도움을 요청하다 보면 생각지도 않았던 의외의 인물로 인해 치유가 될 수도 있다. 그마저도 안 된다면 전문가의 도움을 받길 권한다. 스트레스를 잘 다루어야만 삶의 결이 매끄러워진다.

날라리 심리치료사의 마음건강식단 레시피

스트레스가 나를 강타했을 때 최대한 빠르게 튕겨버리는 방법!

1. 무조건 몸을 움직여 활동량을 늘린다.

2. 음악을 듣는다. 따라 부르면 더 좋다.

3. 깊은 복식호흡을 한다.(입으로 내쉴 때 더 길게)

4. 자극적인 음식보다 과일과 채소를 먹는다.(스트레스가 발생할 때 생기는 활성산소를 중화시켜줌)

호르몬의 지배를 받지 않고

내가 호르몬의 분비를 조절하는 것이 비밀열쇠이다.

스트레스 호르몬인 코르티솔의 분비를 막고

도파민과 세로토닌이 샘솟게 되면 자율신경계는 다시 균형을 찾는다.

스트레스를 제때 풀지 않고 쌓아두면 심리적 변비로 고생한다.

가급적 즉시 풀자!

고급진 분노

길을 가는데 아이가 고래고래 소리를 지르며 울고 있다. 엄마는 앞에 걸어가고 아이는 울면서 엄마를 쫓아가고 있었다. 금방 하늘이 무너져 내릴 것처럼 우는데도 엄마는 아랑곳하지 않고 앞만 보고 걸었다. 얼마나 울었는지 콧물 눈물이 범벅이었다. 다섯 살이 채 안 되어 보였다. 이제 5년도 살지 않은 아이가 잘못을 했으면 얼마나 잘못을 했다고 엄마는 그렇게 냉담하고 매정할까? 도무지 달래줄 기미가 보이지 않았다. 화가 났다. 우는 아이를 끌어안아 주고 싶었지만 차마 그런 오지랖의 용기는 나지 않았다. 엄마에게 따지고 싶었다. '대체 아이가 잘못을 했으면 뭘 얼마나 잘못했냐고.' 그렇게 그 아이는 울면서 떠나가고 아이의 뒷모습을 한동안 바라보았다.

나는 화가 많은 인간이다. 특히 부당하다고 느끼는 것에 대해서. 부당함도 누구나 공감하는 보편타당한 부당함과 내 기준에서의 부담함이 있을 것이다. 아무튼 부당하다고 느끼는 상황에서 과거에는 노골적으로 드러내고 따졌다. 사람들은 결재권자에게 차마 하지 못하는 말이 있을 때 은근히 나를 내세우기도 했다. 내 스스로 화가 많나는 걸 알기에 성격적 결함이 있다고 생각했다. 왜냐하면 '화'라는 감정은 대개 부정적인 에너지로서, 용인되어지는 분위기가 아니기 때문이다. 나의 화를 이해해주고 온전히 수용해주는 사람은 없었던 것 같다. 그래서 감출 수밖에 없었다. 화가 부글부글 올라와도 웃는 척 가식을 떨 때도 많았고 화나지 않았다고 거짓말을 하기도 했다. 마치 나는 '화'라는 감정과 전혀 거리가 먼 교양 있는 사람처럼.

심리학자 알프레드 아들러는 '화'에 대해 이렇게 말했다. '힘의 추구, 지배욕을 고스란히 상징화하는 것이 '화'다. 이런 유형의 사람은 자기에게 힘이 있다는 느낌이 조금이라도 침해되면 화를 폭발시키며 대응한다.' 그에 따르면 직면하는 모든 저항을 신속하게 있는 힘을 다해 완패시키려 하고 자기 의지대로 밀어붙인다고 하였다. 그러면서 그는 '중요한 것은 무엇이 주어졌는지가 아니라 주어진 것을 어떻게 사용하는가.'의 중요성을 강조했다. 그렇다. 화 자체의 문제가 아니라 그 '화'라는 에너지가 어떻게 사용되어야 하고 어떻게 표현되어야 하는지 사용법과 표현법의 문제였던 것이다. 대개의 경우 화는 부정적인 것으로 이분법적 인식을 한다. 묻지도 따지지도 않고 화를 내면 안 된다는 무의식이 전반에 깔려 있다. 가장 큰 이유는 우선 화를 내는 누군가를 볼 때 우리는 불편하다. 그 부정적 감정이 나에게 전염되는 것 같아 피하거나 덩달아 같은 감정을 느끼기도 한다. 자녀가 화를 내고, 배우자가 화를 내면 보통 화로 받아친다. 직장에서도 마찬가지일 것이다. 우선 내 안의 화를 온전히 수용받아 본 경험이 없는 대다수의 사람은 자신이 누군가에게 받은 반응대로 타인에게 반응한다. 특히 어린 시절 몸으로 학습된 반응은 그러한 비슷한 상황을 맞닥뜨릴 때 자동적이고 반사적으로 나타난다.

우리나라가 '분노공화국'이라는 타이틀을 가진 것도 이러한 환경과 매우 밀접한 관련이 있다고 본다. 화가 많은 한 개인들이 모여 분노공화국을 이루었다. 화, 분노라는 감정에 지배당하는 개인만 볼 것이 아니라 개인을 둘러싼 환경을 비롯하여 여러 맥락적 부분까지 고려할 필요가 있다. 인간은 동물과 다르게 생애 초기 환경의 절대적 영향을 받는다. 누군가의 반복된 반응은 뇌의 시냅스회로를 견고히 하고 이것은 성격으로 자리 잡는다. 언어 이전의 정서는 암묵적 기억에 저장되어 우리의 삶을 지배하고 생애 전반에 걸쳐 영향을 미친다. '욱' 하고 폭발하는 감정은 어제오늘 갑자기 생긴 것이 아닐 것이다. 암묵적 기억 안 거대한 무의식의 창고에는 나의 욕구가 거절되고 무시되었던 그래서 충족되지 못한 구멍들이 숨어 있다. 이것은 살아가며 누군가에게 거설된다고 느끼거나 무시당할 때 기질에 따라 다르긴 하지만 대개 수치심이나 분노라는 숨은 에너지를 건드리게 된다. 분노조절이 안되어 찾아오는 이들을 보면 욕구 불만이라는 이슈와 맞닿아 있는 경우가 많다. 청소년을 주로 만나는 나는 부모에게 분노로 인한 공격적 행동을 긍정적 관점으로 보게 한다. 문을 꽝 닫는 에너지가 얼마가 고마운 것인지 이야기한다. 화를 내고 대든다는 건 자신의 감정을 강하게 어필하는 것으로 대개 삶의 자발성이 높은 유형에 속한다고 볼 수 있다.

분노 가득했던 지난날 화가 날 때면 어김없이 술을 찾았다. 그리고 아드레날린이 솟구치는 헤비메탈을 들었다. 뒤늦게 알았다. 그것은 화를 더 부채질한다는 사실을.

건강하지 못한 해결 방법으로 악순환이 이어졌던 것이다. 교감신경을 자극하는 방법들은 그저 일시적 방편일 뿐이다. 언제부턴가 산에 오르고, 요가, 명상을 시작했다. 이완되는 느낌이 참 평온하고 편안했다. 신경과학적 관점에서 보면 여기에 매우 중요한 원리가 숨어 있다. 그 원리를 알면 내가 호르몬에 지배당하지 않고 지배하며 살 수 있다. 그것을 자기조절능력이라고 한다. 산에 오르고 운동을 하고 명상을 할 때 뇌파에 변화가 생기고, 우리를 편안하게 해주는 행복호르몬 '세로토닌'이 분비된다는 것이 밝혀졌다. 그 편안하고 평온한 느낌이 좋아서 산을 찾고 명상을 하도록 내 에너지가 이끄는 것 같다. 나이가 들수록 편안한 사람이 더 좋아지는 것도 그 때문일 것이다. 과잉 자극이나 흥분에서 편안함으로 바뀌려면 내 몸에서 분비되는 호르몬을 바꿔야 한다. 저자는 주로 산을 찾는다. 자연의 소리, 자연의 향기, 피부로 느껴지는 부드럽고 상쾌한 느낌을 감각할 때면 마치 자연과 내가 하나가 된 기분 좋은 착각에 빠지기도 한다. 그곳에서 세상 어느 것도 부럽지 않은 충족감을 느낀다. 일상에서의 스트레스를 술로 풀거나 과식하며 내 몸을 망가뜨리는 어리석음을 이제는 반복하지 않으려 한다.

빅터프랭클은 『죽음의 수용소』라는 저서에서 이런 말을 했다. '자극과 반응 사이에는 공간이 있고 그 공간에는 자신의 반응을 선택할 수 있는 자유와 힘이 있다. 그 반응이 우리의 성장과 행복을 좌우한다. 그 공간은 자극과 반응의 완충지대이며 어떻게 반응할지 선택할 자유와 힘은 나에게 있다.' 참으로 멋진 말이다. 운동이나 등산, 명상이 바로 자극과 반응 사이의 공간을 확장시키는 것이었다. 이 공간이 있는지 없는지, 그 공간의 넓이가 얼마나 되는지에 따라 삶의 질이 달라진다. 결국 화를 내고 분노를 폭발한다는 것은 자극과 반응 사이의 공간을 확보하지 못해서 빌어진 일이다. 감정을 조절하기 위해서는 자극과 반응 사이 시간과 공간이 필요하다. 반응하기 전 심호흡 5초의 시간, 내가 지금 화가 났다는 사실을 인식할 수 있는 생각의 공간이 얼마나 중요한지를 나의 경험을 통해 알게 되었다. 신경과학에서 말하는 즉각적이고 반사적인 원시적 빠른 경로에 익숙했다면 이제는 느린 방향으로 경로를 바꾸어야 할 것이다. 느린 경로의 회로를 단단하게 하는 작업이 바로 내 호흡을 알아차리고 매순간 깨어 나의 상태를 점검하는 것이다. 결코 쉽지는 않다. 좀 더 성숙한 인간이 되려면 훈련만이 살길이다. 어찌 보면 우리는 삶이라는 현재에 던져진 수행자가 아닌가 하는 생각이 든다.

희곡작가 '몰리에르'의 작품들을 보면 주로 귀족이나 성직자들의 위선이나 어리석음을 우회적으로 익살스럽게 풀어내고 있다. 부패한 종교와 상류사회를 저격한 그들의 퇴폐적 경박함을 꼬집어 내는 대사에는 작가의 분노가 담겨 있다. 그는 자신의 분노를 가장 세련되게 표현했다. 그의 분노는 관객들을 박장대소하게 만들어 유쾌함으로 이끈다. 심층심리학에서 말하는 '승화'라는 가장 최고급 방어기제를 사용한 것이다. 그의 작품을 볼 때마다 나도 내 안의 분노를 저렇게 웃음으로 유쾌하게 승화하고 싶다는 생각을 한다. 그러기 위해선 먼저 분노라는 감정을 나와 분리시켜야 한다. 내 안에 있지만 내 것이기도 하고 내 것이 아니기도 한 그 분노는 언제든 버릴 수 있고 아니면 다른 것으로 대체시킬 수도 있다. 그것을 분리해서 반죽처럼 다시 치대고 주물러 내가 원하는 모양대로 가지고 놀 수 있어야 한다. 그래야 유쾌한 승화로 발전할 수 있을 것이다. 분노가 내 인생 무대로 올라오는 순간 희화되어 즐거움으로 탈바꿈되는 그런 고급진 분노를 고민 중이다. 장르는 코미디였으면 좋겠다.

날라리 심리치료사의 마음건강식단 레시피

나의 '화'는 무엇에 의해 주로 촉발되는가?

내 안의 '화'를 건드리는 예민한 유발요인들을 적어보자.

그럴 때 주로 어떻게 행동하는가? 그 행동은 어떤 결과를 낳게 되는가?

다른 행동패턴은 무엇이 있을까? 그렇게 행동하면 무엇이 달라질까?

'화'만 잘 다스리고 조절해도 성인군자가 될 수 있다고 누가 그러던데.

부재중인 몸을 존재하는 몸으로

몇 해 전 전철에서 의식을 잃고 쓰러졌다. 몸이 보내는 신호를 무시했던 결과였다. 몸과 마음이 지치고 힘들었을 당시 전에 없었던 증상을 느꼈지만 이러다 말겠지 하며 미련하게 앞만 보고 내달렸다. 잠시 휴식하며 먼 산 바라볼 여유가 없었다. 나로부터 멀찌감치 떨어져 나 자신을 오롯이 들여다볼 수 있는 능력을 상실했었다. 나의 몸은 백기를 들었다. 더 이상 못 버티겠다고. 병원에 가서 처음으로 내 몸 상태를 알았고 그제야 돌보지 않았던 내 몸을 가장 먼저 챙겨야겠다는 생각을 하게 되었다. 쓰러짐 이후 한 박자 쉬어감의 중요성을 알았고 몸의 소중함을 직접 몸으로 체험하는 소중한 경험이었다.

우리는 생각보다 많이 아니 심각할 정도로 내 몸을 잘 챙기지 않는다. 하루 서너 시간씩 충분히 뛰어놀아야 할 아이들은 꿈쩍도 하지 않은 채 휴대폰만 몇 시간씩(온종일도 꽤 많음) 들여다보며 정신은 온통 그곳에서 허우적댄다. 대부분의 사람들은 자극적 음식과 술, 담배로 스트레스를 해소한다. 그러는 사이 우리 몸은 각종 해로운 것들로 인해 점점 기능이 떨어지고 노화를 향해 가파르게 움직인다. 근대 이성중심의 합리적 사고에 밀려 현대의 몸은 여전히 찬밥신세에서 벗어나지 못하고 있다. 정보화 디지털 시대를 살아가고 있는 우리들에게 몸에 대한 화두는 매우 중요한 것으로 여겨진다. 우리의 몸은 각종 디지털 첨단 기기에 매몰되어 점점 구겨지고 굳어지고 신체적, 심리적 궁핍은 날로 더해만 간다. 그렇게 우리 몸은 분명 존재하지만 의식에선 부재중이다.

재작년 코로나 확진판정을 받고 2주간 집에만 있었던 적이 있다. 발산하는 에너지를 가득 품은 나로서는 이틀도 아니고 2주간 집에만 있는 것은 형벌과도 같은 것이었다. 하지만 어떠한 상황이 주어져도 거기에서 행복을 찾고자 노력한다. 이런 낙관적 태도는 주어진 조건을 수동적으로 견디는 것이 아니라 지금의 환경에서 이제껏 해보지 않았던 경험을 해보자고 부추겼다. 그것이 무엇일지 고민했다. 2주 동안 집에서 아무것도 하지 않아도 되는 상황이 살아가며 얼마나 있겠는가 싶었다. 몽테뉴가 『수상록』에서 했던 말이 떠올랐다. "나는 춤을 출 때 춤만 춘다. 잠을 잘 때는 잠만 잔다. 아름다운 과수원을 홀로 거닐다가 잠시라도 딴생각을 하게 되면 곧바로 내 생각을 바로 잡아 다시 과수원의 산책으로, 고독의 감미로움으로, 그리고 나에게로 돌려놓는다. 우리의 필요에 따라 하는 행위들이 우리에게 쾌락을 주도록 자연이 어미의 마음으로 그렇게 설정해두었다."

주어진 소중한 오늘, 내가 해야만 하는 행위들을 쾌락하기 위해서는 지금 느끼는 나의 몸에 최대한 집중하고 그것을 감각하는 것이라 여겨졌다. 가장 먼저 식단을 자연식으로 바꾸었다. 씻고 다듬고 먹는 행위 하나하나에 오감을 총동원했다. 야채와 과일로만 식단을 대체하다 보니 한 번씩 심한 허기가 밀려왔다. 그럴 때마다 배에서 보내는 신호에 더 집중하여 주시했다. 그렇게 반복을 하다 보니 확연히 느긋해지고 차분해진 나 자신이 감지되었다. 그 느낌이 좋아서 격리기간이 끝나도 계속 실천했다. 3개월 무렵부터 놀라운 변화가 생겼다. 등산을 할 때, 아파트나 지하철 계단을 오르내릴 때 몸이 솜털처럼 가벼웠다. 전혀 숨이 차지 않았다. 내 몸한테 값진 선물을 받는 느낌이었다. 그 패턴이 유지되다가 무너지기를 반복하고 있는데 그때마다 내 몸은 말한다. 자신은 자연의 일부이니 자연을 섭취해달라고 말이다. 팬데믹이 아니었다면 느껴보지 못했을 경험이었다.

지금까지 어느 한순간 온전히 머물러 내 몸이 주는 감각에만 오로지 주의를 기울여본 경험이 있는가. 우리는 생각보다 훨씬 더 내 몸에 무심하다.

"저는 요즘 너무 화가 나요."

"화가 났다는 걸 어떻게 알 수 있나요?"

내담자들은 화가 난 상황들을 나열하고 상대의 행동을 해석하며 자신의 생각을 말한다. 가장 먼저 느꼈을 몸의 반응에 대해서는 관심이 없다. 그저 생각만 한다. 우리는 생각하는데 너무 많은 에너지를 쏟을 뿐 아니라 자주 생각과 현실을 혼동한다. 자신이 지어낸 생각에 빠져 그 생각을 통해 세상을 보면서 그것이 사실이라 믿기도 한다. 몸과 정서, 사고가 조화를 이루어야 하는 우리 몸은 사고하는 부분만 너무 비대하다. 그래서 삶의 생동감은 떨어지고 피해망상으로 괴로워하기도 한다. 대체의학박

사인 라잔 산카란은 자신의 저술을 통해 이렇게 말했다. "감각은 마음과 몸의 연결점이다. 육체적인 현상과 정신적인 현상이 동일한 언어로 소통되는 접점이 감각이다. 그 지점에서 두 영역 사이의 경계는 사라지고 무엇이 진실인지 제대로 인식할 수 있다." 이것이 직관의 핵심이라고 그는 말한다.

우리의 몸은 바깥에 있는 타자들과 연결되어 감각하고 사유하도록 되어 있다. 스피노자의 말대로 정신은 신체를 경유할 수밖에 없다. 몸이라는 물질은 정신의 본질을 이루는 구성요소이고 그 구성 안에서 관념을 갖는다고 그는 말한다. 그러니까 몸과 정신을 분리된 것으로 보지 않고 하나로 본 것이다. 요즘은 몸에 대한 중요성이 학계에서도 중요하게 부각되고 있는 추세이긴 하지만 여전히 우리의 인식은 감각적, 감성적 보다는 이성적, 합리적이라는 표현을 더 좋아하고 합리적이라 여기는 자신을 자랑스럽게 말하기도 한다. 몸은 내가 살아온 경험덩어리이다. 지금까지 살아오면서 어떤 경험을 했는지 내 몸은 말해주고 있다. 상황이나 사건들, 관계에서 비롯되는 몸의 반응은 내가 살아온 경험들의 반응이기도 하다.

다석 유영모 선생은 하루를 일생처럼 사신 분이다. 그는 아침에 잠이 깨어 눈을 뜨는 것이 태어나는 것이고 저녁에 잠자리에 들어 잠드는 것이 죽는 것이라고 하였다. 하루 동안 일생을 산다고 하여 오늘 하루를 '하루살이'라 표현하였다. 그분은 언행일치된 하루살이를 하며 가장 바람직한 몸의 사용을 몸소 실천하셨다. 몸으로 고상한 정신을 실천했던 그분을 통해 내 몸의 바람직한 사용법을 생각하게 된다. 동 · 서양을 막론하고 방대한 사상적 토대를 구축한 에리히 프롬 역시 이론에만 그치지 않고 그의 사상과 언행일치되는 삶을 살았나. 그만의 열린 사고와 틀에 매이지 않은 개방적 사상에는 몸으로 체험한 그의 삶이 녹아 있다. 그래서 존경한다. 존경과 좋아함이 나뉘는 나의 기준은 여기에 있다. 누구도 따라올 수 없는 최고의 지성인이라 할지라도 그것을 직접 실천하지 않는다면 그저 그들이 펼친 이론이나 철학을 좋아할 뿐이다. 하지만 이론이나 사유에만 그치지 않고 그것들을 몸소 행하는 삶을 산다면 그 존재까지 존경하게 되고 닮고 싶은 마음이 일어난다.

내 몸은 사람들의 고통과 아픔을 오롯이 담아내는 중요한 치유적 도구이다. 그렇기에 내 몸을 아끼고 관리하는 것은 기본이고 필수라고 생각한다. 유영모 선생처럼 내 몸을 신성히 여기고 몸이 존재와 인격이 되는 경지를 꿈꾼다. 그런 나의 몸 자체가 누군가의 상처를 어루만지는 명품도구이고 싶다. 내 몸에서 드러나는 나의 표정, 몸짓, 호흡, 미세한 움직임 하나까지도 따뜻하고 편안한 충만감을 주는 그런 도구 말이다. 이론과 기법이 아닌 몸의 소통만으로 치유되는, 그것을 나는 'Bodysight'라 일컫고 싶다. body와 insight의 합성어.

나는 간절히 바란다.

언어가 지배하는 언어로 숨 막히는 상담현장에 그리고 삶의 현장에, 언어보다는 침묵의 몸으로 소통되기를.

날라리 심리치료사의 마음건강식단 레시피

몸, 감정, 생각이 삼원구조로 이루어져 있다면

나는 어디에 주로 속해 있는가?

너무 개발된 것은 무엇이고, 미개발된 것은 무엇인가?

고른 균형을 맞추기 위해

지금부터 당장 실천할 수 있는 작은 노력은 무엇이 있을까?

따뜻하게 불어오는 사람의 향기

얼마 전 버스에서 따뜻한 사람의 향기를 경험했다. 40대로 보이는 운전기사가 승객 한 명 한 명에게 일일이 눈을 맞추고 고개를 숙이며 인사하는 것이었다. 상투적이거나 기계적이지 않은 진심이 담긴 인사였다. "조심하세요." "천천히 내리셔도 됩니다." "꼭 붙잡으세요." 다정하게 배려하는 버스기사의 친절함 덕에 버스 안은 따뜻한 온기로 가득했다. 정말 요즘 보기 드문 귀한 광경이었다. 나도 모르게 입가에 미소가 떠나지 않았다. 버스에 내려서도 버스기사의 따뜻한 향기가 한동안 배어 있는 듯했다.

전철을 탈 때마다 느끼는 거지만 모두가 하나같이 약속이라도 한 듯 휴대폰만 바라본다. 놀랍도록 무표정하다. 옆 사람과 닿을까 한껏 움츠려 있다. 우발적이고 불쾌한 부딪힘을 피해 몸은 경계태세로 경직되어 있다. 무슨 일이 일어날지 모르는 위험한 마주침을 피하기 위해 시선과 몸은 최대한 사람과 멀리 떨어지려 한다. 지옥철을 타고 출퇴근을 하는 스몸비족*들은 누군가의 따뜻함을 느낄 여유가 없어 보인다. 주변의 따뜻한 관심과 시선을 반사하고 몸과 정신은 휴대폰에 홀릭 되어 있다. '함께'보다는 혼자가 편한 이들이 늘어만 가고 있다. 불편함을 피하려고 함께하는 기쁨을 포기한다. 누군가와 함께하고 싶지만 불편하고, 혼자가 편하지만 외롭다. 그래서 기계와 한 몸이 되어 잠을 잘 때도 손에서 휴대폰을 놓지 못한다. 메마르고 건조한 요즘 시대에 누군가의 따뜻함이라는 연료는 꺼져가는 불씨를 살려내는 것만큼의 다급한 필요함이다. 점점 각박해져만 가는 무디어짐 속의 누군가의 따뜻한 표현은 심리적 포만감을 넘어선다.

마틴 부버는 『나와 너』라는 저서에서 관계가 세워지는 세 가지의 영역

---

*스몸비족 : 스마트폰과 좀비의 합성어로 스마트폰을 보며 길을 걷는 사람을 뜻한다.

을 말했다. 첫째는 언어가 통하지 않는 자연과의 관계, 둘째는 언어의 형태를 취하며 사람들과 더불어 사는 관계, 셋째는 말할 수 없는 근원적 세계의 정신적 관계이다. 인간은 이 세 가지가 모두 가능하겠지만 우리는 주로 언어를 사용하며 관계를 맺고 공동체를 이루며 살아간다. 마틴 부버는 관계의 직접성을 언급하며 만남과 만남 사이의 모든 매개물은 장애물이라고 했다. 모든 매개물이 무너진 곳에 존재와 존재의 참 만남이 일어난다고 본 것이다. 팬데믹 이후 더욱 사이버공간이나 인터넷을 통한 비대면 만남을 선호하는 경향이 늘고 있다. 편리해지긴 했지만 기술의 비약적 발전이 좀 더 깊은 관계를 맺는 방해물은 아닌지 생각해보게 된다.

누가 등 떠민 것도 아닌데 일과 공부, 육아를 병행하며 무덤덤한 감수성으로 그렇게 몇 년을 살았다. 아름다움은 느낄 준비가 되어 있는 사람만 누릴 수 있다. 돈 들이지 않고도 큰 노력 없이도 손만 뻗으면 닿을 곳에 아름다움이 펼쳐져 있었지만 누리지 못하고 살았다.

지인과 대화를 하던 중 나에게 "그냥 대충 살아."라고 말했다. 그 말에 눈물을 펑펑 쏟으며 울었던 적이 있다. 그게 울 일인가? 그 당시 나에게는 그게 울 일이었다. 그 한마디는 내 삶을 애정 어린 눈으로 지켜보며 나에게 가장 필요한 맥락을 짚어낸 따뜻한 위로의 약이었다. 삶의 고비마다 누군가의 말 한마디, 누군가의 따뜻한 표현은 나를 지탱하는 힘이 되었다. 언어를 사용해 관계를 이루는 인간의 삶에서 서로가 주고받는 말 한마디의 위력은 참으로 크다. 말 한마디에 다시 살아갈 용기를 얻기도 하고, 말 한마디에 끝이 보이지 않는 캄캄한 터널 같은 삶에서 희망을 얻기도 한다. 내가 힘들 때 따뜻한 위로의 말을 해 주었던 이들은 평생 죽을 때까지 못 잊을 거 같다. 스피노자의 말처럼 그들은 나의 실존을 보존케 했다.

누군가의 작은 호의에 감동할 줄 알고 아름다움을 느낄 수 있는 아주 작은 마음 한 켠은 마련해 두었으면 좋겠다. 잠시 스치는 인연에서조차 따뜻한 시선과 말 한마디는 서로의 연결망을 이루고 우리는 더 이상 외로운 존재가 아님을 깨닫게 해준다.

따뜻한 사람냄새가 더욱 절실해지는 요즘이다.

"언니 사랑해."

"나도."

친구 만나러 가는 큰딸에게 작은딸이 창 밖에서 외친다. 어디 멀리 떠나 한동안 안 돌아올 것 같은 애틋한 표현에 웃음이 났다. 바쁘게 키보드를 움직이던 손놀림을 멈추었다. 갑자기 따뜻하게 불어온 표현 하나가 잔잔한 향기로 마음 깊이 스며들었다. 그러고 보니 우리 집에도 따뜻한 사람의 향기가 가득했다. 그걸 왜 진작 못 느꼈을까.

날라리 심리치료사의 마음건강식단 레시피

나는 언제 따뜻한 사람의 향기를 느끼는가?

나는 어떤 향기를 지닌 존재인가?

어떤 향기를 지닌 존재이고 싶은가?

건조한 삶, 수분 공급

얼마 전 병원에 갔다가 빵 터진 일이 있다. 한 남자아이가 정수기에서 장난을 치고 있었다. 엄마는 다른 사람들을 의식하여 조용하게 입을 꽉 물고 "그만해라."라는 경고를 날렸다. 개구쟁이로 보이는 남자아이는 아랑곳하지 않고 계속 장난을 쳤다. "그만하라고 했다." 엄마의 목소리에서 치밀어 오르는 분노의 삼킴이 느껴졌다. 아이가 장난을 멈출 듯 말 듯 안 멈추자 엄마는 더 낮게 무거운 톤으로 "너 있다가 집에 가서 봐!"라고 마지막 경고를 던졌다. 아이는 엄마를 한 번 쓱 쳐다봤다. 그러더니 엄마한테 달려간다. 갑자기 양손으로 엄마의 두 볼을 옆으로 잡아당기더니 "웃어!"라고 했다. 그 장난치는 와중에도 엄마의 표정이 거슬렸었나 보다. 아무리 남자아이들이 엄마의 표정에 민감하다고는 하지만 그 상황에서조차 인상 쓰는 엄마에게 했던 행동을 생각하면 지금도 웃음이 난다.

예전에 웃음치료라는 강의가 있어서 호기심에 찾아갔던 적이 있다. 왜 웃어야 하는지 이유를 설명하며 무조건 웃게 했다. 펜을 입에 물고 웃게도 했다. 너무 억지스러워서 거부감이 들었다. 일단 웃고 보는 것도 나쁘지는 않다. 진짜 웃음과 가짜 웃음을 구분 못 하는 뇌를 착각하게 하여 긍정호르몬을 촉진하게 하기 때문이다. 하지만 마음에서 우러나지 않는 억지 웃음은 어쩐지 나랑 맞지 않았다. 인지적 차원의 웃음이 아닌 내 감정의 신호가 보내는 자연스런 웃음이 더 좋다. 웃음이 헤픈 나에게 유머본능은 시도 때도 없이 발동된다. 한번은 중요한 면접을 본 적이 있다. 매우 진지하고 엄숙하기까지 한 분위기에서 무표정한 심사위원들이 세 명 앉아 있었다. 꼭 이렇게까지 엄숙할 필요가 있나 싶었다. 순간 심사위원들을 웃기고 싶었다. 잘 기억이 나지 않지만 유머러스한 역질문으로 세 명 모두가 한바탕 웃은 적이 있다. 심지어 한 명은 엎드리고 웃었다. 그분들도 그 진지한 분위기를 원치 않았을 것이다. 계속되는 면접 심사에 지쳐 청량감이 필요했을 수 있다. 나는 그렇게 웃겼다고 생각하지 않았는데 반응이 좋았던 거 보면 인간은 누구나 웃음 짓는 상황을 원하는 것이 아닐까?

김훈 작가의 『밥벌이의 지겨움』을 보면 이렇게 회상하는 장면이 나온다. '여고생들이 한꺼번에 까르르 웃을 때, 어느 한 아이가 예쁜 것이 아니라 그들 집단 전체가 예쁘다. 언젠가 설악산에 갔을 때 수학여행 온 여고생들의 모습을 본 적이 있다. 한 아이가 웃으면 일제히 다들 따라 웃어댄다. 나는 그 아이들이 예뻐서 등산길도 잊어버린 채 한동안 주저앉아 넋을 잃고 바라보았다.' 참 귀한 광경이다. 요즘은 흔히 볼 수 없으니 말이다. 대다수의 여고생들은 휴대폰만 들여다보기 바쁘다. 그렇게 사람과 사람 사이의 마음을 연결 짓게 하는 웃음은 다른 이에게도 전염되어 넋을 잃고 할 일을 잊게 만들 정도로 파급력이 크다.

복잡하게 신경 쓸 것들이 많고 각박해진 요즘 시대에 웃음이야말로 건조한 피부에 수분을 공급하는 것처럼 촉촉하게 윤기 나는 삶을 만들 것이다. 근데 그 웃음이라는 것도 여유가 있어야 주고받는다. 한동안 목표에만 전력 질주했던 나는 대부분을 내려놓고 속으로 물었다. '뭣이 중헌디?' 해야 할 것들과 가치의 우선순위를 수시로 점검하기 시작했다. 여유가 생기니 잔잔하고 소박한 기쁨들이 발견된다. 웃음 짓는 감수성은 내 주변에 있는 사람들도 행복하게 한다. 웃음은 수분 가득한 촉촉하고 광채 나는 매끄러운 일상을 선사한다. 웃음기 사라진 칙칙한 삶은 상상조차 하고 싶지 않다. 웃음은 선택과 결정을 해야 할 상황에서도 기준이 된다. 얼마나 내가 많이 웃을 수 있는지가 중요한 기준점이 된다. 아무리 돈을 많이 주어도 즐겁게 일할 수 없다고 판단되면 미련 없이 선택을 포기한다. 그렇게 웃음기 있는 소소한 일상으로 따뜻한 삶의 무늬가 새겨졌으면 좋겠다. 나이 들고 보니 알거 같다. 완벽을 무장한 성실함보나 어수룩함이 빚어낸 웃음의 여백을 가진 이가 훨씬 더 아름답다는 것을.

니체가 했던 말 중 좋아하는 말이 있다. '환하게 웃는 자만이 현실을 가볍게 넘어설 수 있다. 맞서 이기는 게 아니라 가볍게 넘어서는 것이 중요하다.' 이렇듯 웃음은 두려움과 절망이라는 문지방을 가뿐하게 넘어설 수 있는 힘이 있다. 분노는 능청스러운 농담에 속수무책으로 힘을 잃는다. 이런 여유는 '뭐 어때?'라는 질문이 가능해지고 속박이나 억압에서 벗어나게 한다. 당연시 되었던 것들을 로그아웃하고 새로운 발상의 로그인을 가능하게 한다.

필요 이상 진지하고 불필요한 심각함 속의 웃음은 신선하고 발랄한 변주곡으로 분위기를 재탄생시킨다. 한바탕 크게 웃고 나면 복잡했던 고민들이 크게 줄어든다. 아리스토텔레스의 〈시학〉도 시대에 변했으니 내용이 바뀌어야 한다. 더 이상 카타르시스는 눈물을 자아내는 것에서 생성되는 것이 아닌 한바탕 웃고 난 후 온 몸에 스며든 웃음 카타르시스야말로 우리를 정화시킨다고 말이다.

잠자리 들기 전 스스로에게 묻는다.

'나는 오늘 얼마나 웃었는가?'

날라리 심리치료사의 마음건강식단 레시피

주변에는 웃음에 목마른 이들이 많다.

내가 만나는 사람에게 가벼운 농담을 먼저 건네 보자.

누군가를 즐겁게 한다는 건, 더불어 함께 행복한 것.

불교에서도 웃음보시를 최고로 여기지 않는가.

홀로 외딴길 즐겨찾기

사유

내 인생의 우아한 마지막 커튼콜

저녁 퇴근 무렵 복잡한 전철 안. 갑자기 불쾌한 메스꺼움이 명치를 타고 목구멍으로 올라왔다. 순간 의식을 잃었다. 얼마나 쓰러져 있었는지 잘 모르겠다. 흐릿한 의식의 저 너머는 뿌연 물안개같이 아득했다. 이 세상인지 저 세상인지 구분이 안 될 정도의 모호함 속 미세한 소음이 느껴졌다. 그러다 기계음과 사람소리가 혼합된 웅성거림이 조금씩 크게 다가왔다. 몸의 움직임이 느껴지기 시작했다. 눈을 가늘게 떴다. 주변으로 사람들이 에워싸여 있었다. 걱정 어린 "괜찮으세요?"가 그 와중에 따뜻하게 느껴졌다. 일어나려고 안간힘을 쓰자 사람들은 일으켜주었다. 그렇게 도움을 받아 전철 밖으로 간신히 나왔다. 한 발 내딛는 순간 그 자리에 다시 털썩 주저앉고 말았다. 몸이 말을 듣지 않았다. 다시 주변의 시야가 흐려졌다. '지금 죽을지도 모르겠구나.'라는 차가운 의식이 나를 압도했다. 한 발짝조차 내딛지 못하고 털썩 주저앉았을 때의 그 참담함이란. 누군가 그랬었다. 그러다 인생 한 방에 훅 간다고. 온몸으로 느꼈던 '한 방에 훅 갔던' 경험은 '죽음'에 대한 견시관(見視觀)을 갖게 했다.

구인회 철학자는 『죽음에 관한 철학적 고찰』에서 죽음에 대해 명쾌하게 설명하고 있다. "불확실한 삶의 전개에서 죽음처럼 확실한 것은 없다. 우리 중 그 누구도 죽음을 피할 수 없다. 그렇게 확실한 것이 죽음인데도 우리는 죽음이 어떤 것인지 모른다. 죽음을 체험해 본 일이 없기 때문이다. 우리는 다른 사람의 죽음을 통해 간접적으로 죽음을 경험하며 살고 있다. 그러나 그것이 나의 죽음이라는 직접적 체험이 아닌 타인의 죽음을 간접적으로 체험한 것일 뿐이다. 아무리 가까이서 지켜본다고 해도, 죽어가는 당사자의 내면에서 어떤 일이 일어나고 있는지는 알 길이 없다."

공자의 제자 자로가 죽음에 대해 물었다. 공자는 "미지생 언지사미(未知生 焉知死)."라고 답했다. '내가 아직 삶을 모르는데 어떻게 죽음을 알

겠느냐.'는 뜻이다. 이렇듯 다른 사람의 죽음을 단서로 추측만 해볼 뿐 그저 막연하게 느껴지는 것이 죽음인 것이다.

모든 자연의 이치는 그럴 만한 이유가 있다고 한다. 인간에게 주어진 죽음이라는 필연도 그럴 만한 이유가 있을 것이다. 죽음을 피할 수는 없지만 어떻게 대하느냐에 따라 의미가 달라질 것이다.

죽음이라는 종착역에 도착하기까지 어떻게 삶을 살아갈 것인지를 고민하게 되었다. 또 의식을 잃었던 내 일생일대의 가장 특별했던 사건은 '지금 이 순간'의 나를 깨어 있게 했다. 한걸음을 내딛을 수 있다는 것, 그 당연함이 너무도 감사하다. 잠자리 들기 전 아이들에게 이렇게 말한다. "오늘도 무사히 지내줘서 고마워." 하루를 그저 당연하게 평범하게 흘려보냈다. 소소하지만 지금 이 순간 살아 있다는 위대함을 놓치며 살았었다. 그저 서슴없이 지나가는 하루에 한탄만 했던 나였다. 수많은 성현이나 철학자들이 죽음을 가장 위대한 스승이라 여긴 것이 그 때문인가. 직접적인 체험이든 누군가의 죽음을 옆에서 지켜보았든 그것만으로도 삶에 대한 깊은 사유의 역동이 일어난다.

독일의 실존철학자 칼 야스퍼스는 이렇게 말했다. "죽음은 삶의 연속성이 단절되는 고통스러운 시간이 아니라 삶이 의미가 집중되는 중심 혹은 초점이 된다." 그는 죽음이야말로 참된 자기를 일깨워주는 거울이 된다고 보았다. 실존주의 심리학자 롤로메이의 『창조를 위한 용기』를 읽으며 밑줄 그었던 내용이 있다. '죽음인식을 처절하게 경험하는 바로 그 순간, 그것을 극복하고 새로운 가능성을 창조하려는 계기가 생성된다.' 그는 이것을 '창조를 위한 용기'라고 했다. 창조를 위한 용기가 학자에게는 새로운 학문적 이론으로 완성될 것이고, 작가에게는 새로운 글로, 화가에게는 그림으로 실현될 것이다. 내 삶에 있어 창조를 위한 용기는 매일 매일을 어제와 다른 새로운 오늘로 디자인하며 가장 아름다운 마무리를 위해 매 순간을 깨어 즐기는 것이다. 내 삶을 매일 새롭게 디자인하는 아티스트로서 삶을 더 격렬하게 사랑하고 싶다.

그렇게 격렬히 사랑하다가 어떻게 아름답게 마무리를 할지 고민했다. 『마지막 질문』의 저자 김종원은 이렇게 묻는다. "삶의 마지막 순간 죽음을 밀칠 정도로 중요한 일이 있는가?" 그가 말하길 삶의 마지막 순간까지 해야 할 일을 가진 사람은 죽음이 앞에 서 있어도 삶을 생각한다고 한다. 죽음을 목전에 둔 상황에서조차 죽음 따위를 신경 쓸 여유가 없다고 한다. 그들은 강렬한 눈빛과 태도를 지녔다고 한다. 그렇다. 숨을 거두는 마지막 순간까지도 열렬하게 살아 있다는 아름다운 모순적 태도를 지니는 것이다. 로마제국 마지막 황제였던 스토아 철학자 마르쿠스 아우렐리우스는『명상록』에서 이렇게 말했다. "당장이라도 세상을 떠날 수 있는 사람처럼 모든 것을 행하고, 말하고, 생각하라." 가슴 깊이 새겨야 할 말이다.

일흔셋이 된 공자는 살 날이 얼마 남지 않았음 직감하고 인생을 반추하며 '큰 틀에서 보았을 때 모자람이 없었다.'라고 결론을 낸 뒤 마음 편히 미소 지으며 세상을 떠났다고 한다.

괴테의 비서인 에커만의 저서『괴테와의 대화』에는 죽음을 앞둔 괴테의 당당함이 나온다. 에커만이 슬퍼하며 괴로워하자 괴테는 이렇게 말했다고 한다. "괴로워할 것 없네. 죽음은 우주에서 사라지는 것이 아니라 기존의 에너지 형태에서 또 다른 에너지의 형태로 바꾸는 것뿐이라고 생각하네. 어떤 의미에서는 육체의 속박에서 벗어나 무한한 시공간으로 흩어지는 것이지. 전보다 더 자유로운 형태로 어디에나 존재한다는 더 강한 존재감을 갖게 되는 거라네." 안중근 의사는 사형선고를 받고 형장으로 들어가기 직전까지 책을 읽었다고 한다. 시간이 다 되었을 때 재판장에게 이렇게 말했다고 한다. "5분만 시간을 주십시오. 다 읽지 못한 책이 있습니다." 참으로 의연한 그 말에 "아!"라는 감탄사밖에 나오지 않는다.

죽음을 당당하고 대범하게 맞이한 이들을 보며 멋지고, 근사한 죽음이 바로 이런 것이라는 생각이 든다.

문득 떠오르는 영화가 있다. 로베르토 베니니의 〈인생은 아름다워〉이다. 유머와 재치, 위트 넘치는 귀도는 한눈에 반한 여자와 사랑해서 결혼을 하고 아들을 낳아 단란한 가정을 꾸린다. 그러던 어느 날 갑작스레 군인들이 들이닥치고 귀도와 아들 조수아는 유태인이라는 이유로 수용소에 끌려가게 된다. 이를 알게 된 아내 도라 역시 수용소행 기차를 탄다. 그 끔찍한 수용소를 그들은 어떻게 견딜 수 있었을까? 귀도는 아들에게 이 상황은 모두 진짜 탱크를 걸고 벌이는 게임놀이라고 말한다. 아슬아슬한 위기의 순간도 그는 재치 있게 상황을 모면하며 아들을 안심시킨다. 귀도는 이 처절하고 끔찍한 상황에서 아들이 눈치 채지 못하도록 여유와 웃음을 잃지 않았다. 이를 모르는 아들 조수아는 그저 해맑고 천진할 뿐이다. 죽음을 목전에 둔 상황에서조차 죽음 따위를 신경 쓸 여유가 없었다. 아들에게 끝까지 이 사실을 감추기 위해선 마지막까지 웃어야 했고 게임놀이인 척 연기를 해야 했다. 사랑하는 아내를 만나기 위해 여자로 가장하고 도라가 있는 곳을 찾아 그녀를 애타게 찾는다. 그러다가

들통이 나고 결국 간수가 등에 총부리를 겨눈다. 그리고 그 상태로 죽음을 향해 걸어 들어간다. 아들이 그 상황을 지켜보고 있었다. 그는 환하게 웃으며 찡끗 윙크를 날리고는 특유의 우스꽝스러운 걸음으로 걷는다. 마치 게임놀이인 것처럼. 아들은 그 모습을 보며 천진하게 웃는다. 그렇게 귀도는 죽음으로 걸어 들어갔다. '죽음이 이토록 아름다울 수 있을까.' 영화를 보고난 후 한동안 자리를 뜨지 못했던 기억이 떠오른다.

만약 오늘이 마지막이라면. 만약 바로 코앞에 죽음을 만나야 하는 상황이라면 우리는 무엇을 할까? 그런데 그게 만약이 아니고 실제일 수도 있지 않은가. 하지만 죽음은 나와 상관없는 그저 먼 나라 남의 얘기다. 지인의 동생은 얼마 전 자다가 갑자기 세상을 떠났다. 그렇게 갑자기 갈 줄 누가 알았겠는가. 그래서 오늘이 마지막인 것처럼 더 많이 사랑하고 마음껏 지금을 누리고 싶다. 지금 이 순간 살아 있다는 것. 그 자체로 감동이고 싶다. 공연이 끝나고 막이 내리면 관객들은 박수를 친다. 배우들은 나와서 함께 호흡해준 관객들을 향해 감사의 인사를 올린다. 커튼콜의 감격을 떠올리며 오늘이 내 인생의 마지막 커튼콜인 것처럼, 그렇게 박수와 찬사를 받으며 인생이라는 무대를 내려가고 싶다는 생각을 했다.

얼마 전 '친언니 장례식에서 춤을 춘 사연'이라는 기사를 보았다. 동생은 언니가 좋아하는 물건들로 세팅을 하고 영정 앞에서 댄스공연을 했다. 기존의 엄숙한 장례문화는 언니답지 않아 이렇게 준비했다고 한다. 이것이 바로 내가 원하는 장례식이었다. 언젠가 딸에게 말했었다.

"나중에 엄마 장례식 때 현수막 걸어줘."

"뭐라고 써요."

"울 거면 나가."

나의 장례식은 나와 추억을 함께 했던 이들이 와서 행복했던 한때를 떠올리고 추억하며 왁자지껄 유쾌한 분위기였으면 좋겠다고 생각했었다. 평소 내가 좋아했던 사람들이 "덕분에 많이 웃고 즐거웠어."라고 말해주면 더 행복할 것 같다. 하지만 그보다 더 바라는 건, 어느 누가 지켜보지 않더라도 오롯이 홀로 충족감을 느끼며 마지막 숨에 미소 짓고 싶다.

나는 상상한다.

내 삶의 마지막 순간에 가장 우아하게 미소 짓고 있는 나의 모습을.

날라리 심리치료사의 마음건강식단 레시피

인생의 종착역에 다다랐을 때 묘비명에 무엇이라 적고 싶은가?

누군가 했던 말이 떠오른다. "죽는 마당에 묘비명은 무슨."

굳이 묘비명을 쓰고 싶지 않다면 마지막 순간 어떤 모습이길 바라는가?

마지막 순간 내 손에 온기를 느끼게 해 줄 사람은 누구인가?

어떤 아우라

아주 오랜만에 지인들을 만났다. 그중 한 지인이 나를 보자마자 말했다.

"오 이 아우라는 뭐지?"

"아우라지 갔다 와서 그래요."

그렇게 개그로 받아치며 웃어 넘겼다. 근데 집으로 오는 길에 계속 그 말이 떠올랐다. 어떤 아우라인지 궁금했다. 별로 친한 지인이 아니라 물어보기도 좀 그렇고 내가 가진 아우라에 대해 생각했다. '아우라'의 사전적 정의를 보면 '신체에서 발산되는 보이지 않는 기나 은은한 향기'라 한다. 기존의 추상적 '아우라'의 개념을 대중화시킨 철학자는 발터 벤야민이다. 『기술복제시대의 예술작품』에서 아우라의 정의가 나온다. 아주 복잡한 표현을 내 식대로 간단히 정의해 보자면 그가 말하는 아우라적 개념은 '가까이 있지만 멀게 느껴지는 것'이다. 벤야민이 말하는 아우라의 중요한 특징은 '거리감'이다. 그것은 물리적 거리감뿐 아니라 심리적 거리감도 포함하고 있다고 한다. 원래는 종교적 의미로 성인들을 감싸는 신비한 분위기와 범접하기 어려운 기운을 말하는 것이었다. 이 용어를 벤야민은 자신의 예술철학으로 가져와 대중들에게 친숙한 용어로 다가가게 했다.

그렇다면 나에게 느껴지는 아우라도 그런 것인가? 가까이 있지만 가까이 할 수 없는 그런 말이라는 건지 그것이 긍정적인지 부정적인지 도무지 알 수 없다. '아우라'인지는 정확히 모르겠지만 그런 비슷한 느낌의 경험을 한 적이 있다. 예전에 잘나가는 스타를 곁에서 볼 수 있는 기회가 있었다. 물리적 거리는 가까운데 범접할 수 없는 아우라 같은 것이 느껴졌었다. 도무지 다가가서 말 걸기가 쉽지 않을 정도로 말이다. 또 꽤나 산다는 이들을 가까이에서 대화할 기회가 있었는데 그들 역시 아우라적 느낌을 풍겼다. 분명 가까이 있었는데 도무지 가까워질 수 없는 이질감이 느껴졌던 것 같다. 인위적으로 만들어진 '아우라' 그것이 벤야민이 말하는 '아우라의 몰락'이라고 내 맘대로 해석을 했다. 스타들의 아우라는 신비주의라는 전략적 의도에서 만들어진 아우라이다. 자주 모습을 드러내지 않은 베일에 싸인 아우라적 존재로 이미지화하여 대중들에게 어필한다. 명품을 두른 부자들에게서도 아우라가 느껴지기는 한다. 과시적 소비가 아우라를 만들기도 한다. 이제 아우라는 종교적 심오함에서 권력이나 부의 영역으로 변형된 듯하다. 애석하게도 존재 자체에서 뿜어져 나오는 아우라를 실제로 경험한 적은 없는 것 같다.

나다운 브랜드를 구상하는 요즘 '아우라'라는 단어가 썩 마음에 들었다. 문득 예전에 보았던 영화 〈그레이트 뷰티〉에서 주인공 젭이 했던 대사가 떠올랐다. 주인공 젭은 이렇게 말했다."파티를 초라하게 만드는 아우라를 가지고 싶어." 화려한 파티를 즐기며 축제적 삶을 누렸던 상류사회 유명인이었던 그는 내면의 쓸쓸함을 껴안고 화려하게 삶을 걷돈다. '파티를 초라하게 만드는 아우라는 무엇일까?' 영화를 보는 내내 궁금했었다. 그것은 과시적 소비가 만들어낸 아우라가 아닌 존재의 거듭남으로 인한 내면에서 뿜어져 나오는 아우라를 말하는 것인가? 화려한 파티를 제압할 수 있는 아우라. 내 맘대로 해석은 젭이라는 존재와의 마주함만으로도 파티가 모두 부질없다고 느껴지게 만드는 힘이라 생각된다. 논리적 설명이나 설득이 아닌 존재하는 그 자체만으로도. 주인공 젭은 '파티를 초라하게 만드는 아우라'를 원했다. 내가 원하는 아우라는 '무장해제 시키는 아우라'이다. 누군가를 만났을 때 무장해제된다는 것은 절대적 신뢰와 안전하다고 느껴야만 가능하다. 편안하고 충분히 안전하다고 느낄 때 우리는 가장 이완되고 살아오면서 잔뜩 껴입었던 성격 갑옷을 모두 벗는다.

함께 있는 것만으로 무장해제 되는 그런 아우라를 가지고 싶다는 생각을 했다. 어떤 깨달음의 경지에 이르러야만 가질 수 있을 거 같다. 아우라는 사실 우리 모두의 내면 어딘가에 자리하고 있을 것이다. 우리에게는 그런 내면의 빛을 발현시킬 수 있는 잠재력이 있다고 본다.

노자의 도가사상에 '광이불요(光而不耀)'라는 말이 있다. 빛나되 눈부시지 않음을 뜻한다. 빛나지만 눈부시지 않은 그런 따스한 아우라를 가지고도 싶다. 내 안에 숨어 있는 그 빛이 세상 밖으로 나와 누군가의 꽁꽁 얼어붙은 내면의 얼음바다를 따스하게 녹여주고 싶다.

벤야민이 말했던 '거리감'과 빛남에서 뻗어 나오는 '따스함'을 동시에 품은 아우라.

그런 아우라적 존재로 치유가 일어나는 현장에서 누군가를 따뜻하게 안아줄 세상에서 하나뿐인 완벽한 타인이 되고 싶다. 그것은 스타들이나 유명인들에게서 풍기는 아우라가 아니다. 멋스러운 자태나 우아한 몸짓 등의 어떤 스타일에서 나오는 그런 것이 아니다. 전혀 꾸미지 않고 초라하고 남루한 옷차림에서도 풍겨져 나오는 아우라다. 그것은 아마 내면의 작용일 것이다. 그렇다면 어떤 내면일까? 과거 수도승들은 진정한 깨달음을 얻기 위해 스승을 찾아 나섰다. 하지만 깨달음을 얻은 스승들은 꼭꼭 숨어 세간에 좀처럼 나타나지 않는다. 궁금했다. 깊은 곳 어딘가 숨어서 도를 닦는 이들은 어떤 모습일까? 엄격한 수양이 빚어낸 아우라는 어떤 광채를 뿜어낼까? 그렇게 내면에서 뿜어져 나오는 고고한 아우라를 가지고 싶다.

날라리 심리치료사의 마음건강식단 레시피

아우라를 가지고 싶다면,

홀로 사색의 길을 떠난다.

고독과 친해진다.

나를 들여다보는 나만의 명상 방법을 찾아 꾸준히 실천한다.

삶에 쫓기지 않고 여유 있게 음미한다.

무엇을 하든 프로페셔널하게 몰입한다.

모름으로 모름답게

지인들을 만나 실컷 먹고 떠들고 시간을 보내고 돌아오는 길은 늘 헛헛하다. 분명 무언가 잔뜩 들어갔는데 허기가 느껴진다. 너무 많은 말, 너무 많은 정보, 너무 많은 음식들로 초라한 궁핍함이 밀려온다. 암기된 지식들을 열심히 떠들어대며 은연중 나의 얕디얕은 박식함을 으스댔다. 어디서 주워들은 쓸모없는 정보들을 지껄여댔다. 남의 지식을 마치 내 것인 냥 떠들어댄 듯하여 마음이 몹시 궁핍해진다. '안다'는 것은 결국 '모른다'는 것이라고 노자는 말하지 않았던가! 소크라테스도 우리가 무엇을 모르는지 먼저 알아야 다음 단계로 나아갈 수 있다고 조언했다. 내가 얼마나 모르는 인간인지를 실컷 떠들었던 나의 어리석음에 한없이 궁핍해진다. 그렇게 궁핍하고 헛헛하여 걷고 또 걸었다. 과식의 독을 비우고, 쓸모없는 정보의 독을 비우고, 내 것으로 채 소화되지 않은 지식들을 길바닥에 모두 내동댕이치고 싶었다. 유영모 선생은『제소리』에서 체험 없는 인식에서 나오는 소리는 아무리 말해도 남의 소리요, 그저 남의 말을 전하는 것뿐이라고 하였다. 제소리는 나를 보았을 때 나오는 소리요, 내가 나를 알았을 때 말하는 소리라 했다. 자기가 자기를 제대로 알지 못하고 하는 소리는 모두 제소리가 아니고 남의 소리라 하였다.

심리치료사라는 타이틀을 달고 지난 몇 년 열심히 앞만 보고 달렸다. 해야 할 공부가 너무 많았다. 해도 해도 끝이 없었다. 뭘 열심히 하긴 하는데 하면 할수록 어렵고 하면 할수록 모른다는 사실만 더 알게 되니 점점 의욕이 떨어졌다. 모른다는 것을 감추고 싶었고 그것을 앎으로 채우기 위해 지식을 마구 나의 머리로 펌프질해댔다. 어느 철학자가 그랬던가. 개념화된 지식이 겹겹이 쌓이고 무거워지면 한계에 부딪힌다고. 작년에 그 한계가 왔었다. 천직이라 여겼던 내 일에 회의감이 들었다. '내가 왜 이렇게 열심히 공부하는 거지? 어차피 죽을 땐 이 지식들이 한낱 먼지의 티끌만도 못할 텐데.'라는 생각이 들면서 다 부질없다는 생각이 들었다. 최진석 교수가 했던 말이 생각났다. 어느 단계에서는 배움의 고삐를 늦춰야 한다고 말이다. 사색 없이 남의 글만 파는 것으로 허송세월을 보내지 말라고 그는 충고한다. 10년을 남의 글만 파며 남의 생각을 열심히 주워 담고 있는 초라한 나를 보게 된 것이다. 그렇게 지식에 파묻혀 남의 말을 얼마나 지껄여대며 살았던가! 내가 느꼈던 궁핍함은 노자가 말했던 '다언삭궁(多言數窮)' 초라한 궁색이 맞다. 아빠가 어렸을 적 자주 했던 말이 있다. "네가 뭘 안다고 그래." 그때는 몹시 듣기 싫었지만 딱 그 말이 정답이다. 뭘 안다고 그렇게 떠드는지.

미국의 천문학자 베라 루빈은 천체의 별들의 움직임이 우리가 아는 수학적인 공식으로 움직이지 않는다는 것을 발견했다. 왜 그럴까 하고 봤더니 거기에는 현대과학으로는 감지할 수 없는 어떤 힘 때문에 그렇게 돌고 있다는 것을 알게 된 것이다. 그녀는 그 에너지를 알지 못하는 에너지라 해서 '다크에너지' 즉 암흑물질이라 명명했다. 그 안에는 물질, 산소, 공기뿐 아니라 과학으로 밝혀지지 않은 또 다른 물질들로 꽉 차 있다고 했다. 현대과학자들은 우주 공간의 97%가 이 암흑물질로 되어 있다고 한다. 97%의 암흑물질은 제임스웹 우주망원경으로도 밝혀내지 못하고 있다. 평생 우주를 연구하고 이해하려고 애썼던 그녀는 결국 모름에 대한 것만 열렬히 연구하다가 생을 마감한 것 같은 생각이 든다. 그녀를 통해 앎에 대한 탐구란 무엇인지 다시 한번 진지하게 고민하게 된다.

어느 교수가 말했다. 사람은 자기가 아는 것만 떠든다고. 그런데 자기가 안다고 하는 것이 정말 아는 것일까? 내가 떠드는 말 중 무슨 근거로 그것을 '안다'라고 증명할 수 있을까? 오목조목 객관적 증거를 대어 말하라고 하면 과연 내뱉을 수 있는 언어는 얼마나 될까? 앞다투어 지식 자랑하는 현장 속에서 뒤처지고 싶지 않았다. 발 빠르게 최신 지식과 정보들을 열심히 채워 넣었다. 근데 밑 빠진 독에 물을 퍼 담은 것처럼 텅 비어 있었다. 미래에는 맞지 않을 가능성이 큰 가변적 지식들을 채워 넣으니 헛배만 부르다. 무엇을 하나라도 더 알려고 불나방처럼 이리저리 파닥거렸다. 장자는 말했다. 무엇을 모른다면 그것을 알기 위해 뛰어드는 것이 아니라 모르는 상태에 안주하라고 말이다. 그렇다. 배움을 멈추고 모름을 인정하고 모름에 안주하는 용기가 나에게는 필요했던 것이다.

소크라테스의 친구 카이로폰은 아폴로 신전의 예언자를 찾아가 누가 소크라테스보다 지혜로운지 물었다. 예언자는 아무도 소크라테스보다 지혜롭지 못하다고 대답했다. 카이로폰은 소크라테스에게 "친구 자네가 가장 지혜로운 자라네."라고 말했다. 그러자 소크라테스는 의아하게 대답했다. "나는 아는 것이 하나도 없는데 내가 어찌 가장 지혜롭다고 말하는가?" 예언자가 소크라테스가 가장 지혜롭다고 말했던 이유는 바로 자신은 아무것도 아는 것이 없다는 사실을 깨달았기 때문이 아닐까?

걷다 보니 붉게 물든 석양이 도시의 한편을 장엄하게 물들인다. 잠시 걸음을 멈추었다. 대자연을 마주할 때면 뭔지 모를 벅찬 감동으로 전율이 느껴진다. 가슴이 벅차다.

무엇을 알겠는가?

그저 감탄하며 살아갈 뿐.

날라리 심리치료사의 마음건강식단 레시피

내가 확실하게 아는 것은 무엇인가?

아는 것의 근거는 무엇인가?

나는 무엇을 모르는가?

역할이라 부르고 가면으로 쓴다

일을 마치고 가운을 벗는다. 가운을 벗으며 역할과 가면도 벗는다. 역할은 심리치료사이고 가면은 세련된 친절함, 정제된 몸짓을 주로 쓴다. 옷을 갈아입고 원래의 내가 되어 집으로 오는 길에 혼술 집에 들른다. 엄마의 역할을 입기 전에 원래의 나로 좀 더 머무르고 싶어서다. 여러 감정들과 마주하는 그 시간을 나는 사랑한다. 태어나자마자 딸의 역할을 부여받았고 2년이 지나자 언니의 역할이 생겼으며 그 후 원하든 원치 않든 다양한 역할들을 수행하며 여기까지 왔다. 각각의 역할에 따라 그에 맞는 의상을 갈아입고 그에 부합되는 가면을 쓰고 연기를 했다.

연극에서 도출한 원리를 사회학적 관점으로 소개한 어빙 고프먼의 『자아연출의 사회학』에 이런 말이 있다. '우리는 역할을 통해 서로를 안다. 우리 스스로를 아는 것도 역할을 통해서다. 역할에 맞는 행동을 하려고 분투하면서 우리가 구축해온 스스로에 대한 관념을 가면이라 한다. 결국 역할이라는 것은 우리의 제2의 천성, 인성을 구성하고 통합하는 성분이다. 우리는 한 개인으로 이 세상에 들어와 성격을 획득하고 그러면서 사람이 된다.'

그러면서 그는 현대인은 연극의 앞 무대와 부대 뒤를 자신만의 고유한 방식으로 설정해 놓았을 뿐 가짜와 진짜를 어떻게 무슨 기준으로 정할 수 있는지에 대한 의문을 제시한다.

어빙 고프먼이 말한 '현대인은 세계라는 극장에서 연기하는 배우'와 같다고 말했던 내용과 영화 〈아네트〉의 이미지가 오버랩된다. 그 영화는 무대인지 현실인지 공간이 모호하다. 현실 같은 무대, 무대 같은 현실이 이어지며 주인공들은 가면과 본색 사이에서 혼돈의 정체성을 보여준다.

지나온 날을 더듬어보니 나는 매우 가식적인 페르소나적 인간이었다. 풀 메이크업으로 치장하고 화려하게 꾸미고 나를 한껏 포장하고 과시했었다. 타인의 시선에 의해 보여지던 나를 진짜 나로 여기며 그렇게 살았었다. 조용하고 유쾌하지 않은 것은 내가 아니었다. “너답지 않아.”라는 남들의 말로 가짜의 나다움을 연기했다. 조용히 있고 싶어도 떠들었고 슬퍼도 우스갯소리를 나불거렸고 화가 나도 친절한 척했다. 그래야 나다운 거니까. 사람들은 그런 나를 보이는 대로 정의 내렸다. 남들의 눈에 좀 더 멋지고 완벽하게 보이기를 바랐다. 타인이 정의 내리고 규정지은 멋짐과 완벽함에 맞추기 위해 나를 더 그럴듯하게 포장했다. 그저 남들 눈에 비친 나를 의식하며 진짜 나를 무시하며 살았었다. 어쩌면 진짜 나를 들킬까 봐 전전긍긍했는지도 모른다. 진짜 내 모습을 보여주면 실망할까 봐 더더욱 두꺼운 가면을 쓰고 거짓된 삶을 살았는지도 모른다.

레오 카락스 감독의 영화 〈아네트〉 얘기를 더 하자면 주인공 ‘헨리’는 정상급 코미디언이다. 거침없고 저렴하게 내뱉는 그만의 코미디버전을 사람들은 열광하고 좋아한다. 그런 그가 우아한 오페라 스타 ‘안’과 사랑에 빠지고 결혼을 한다(자세한 내용은 영화를 보기 바람). 결혼 후 그는 다른 버전의 코미디로 관객들을 만났다. 웃기지 않은 진지하고 솔직한 그를 보였다. 평소답지 않은 헨리의 모습에 관객들은 당황해 하고 보기 싫다고 비난한다. 솔직하게 쏟아놓은 고통의 소리를 불편해하고 급기야 관객들은 분노했다. 무대에서 퇴장할 것을 요구했다. 사람들은 그만의 저렴버전 코미디를 원했고 가짜로 만든 껍데기를 사랑했다. 진짜 헨리라는 존재에는 관심이 없었다. 고상하고 우아한 오페라 스타인 아내와 헨리는 서로 이질감을 느끼며 혼돈의 감정으로 고통스러워한다. 그러다가 플래시를 받으면 다정한 부부의 모습을 연기한다. 언론은 그들의 행복한 결혼생활에 찬사를 보내고 화려한 삶을 동경한다. 하지만 부부의 무대 뒤 모습은 황량하기 그지없다. 개인적으로 명장면으로 꼽는 무대 위 헨리의 처절한 독백을 보며 자기가 없는 텅 빈 존재의 절규와 외침에 울컥했던 기억이 떠오른다.

연예인이나 유명인들 중에 유독 공황장애가 많다. 그들은 울다가도 카메라에 불이 들어오면 웃어야 하고 슬퍼도 웃겨야 한다. 드라마나 영화가 끝나도 맡았던 배역에서 빠져나오지 못해 상담이나 정신과를 찾는 이들도 꽤 있다. 가면이 나인지 내가 가면인지 정체성의 부재를 겪는다. 분석심리학자 융은 '페르소나'를 이렇게 말했다. '페르소나'는 내가 '나로서 있는 것(self)'이 아니고 다른 사람들에게 보이는 나를 더 크게 생각하는 특징을 갖는다. 이것은 진정한 자기와는 다른 것이다. 페르소나적 태도는 주위의 기대에 맞추는 태도라고 했다.

어릴 적 엄마는 늘 단정하게 옷을 입혀서 학교에 보냈다. 어느 날 조회 시간에 교장선생님이 나를 단상으로 부르시더니 전교생들에게 말했다. 앞으로 복장은 이렇게 단정하게 입으라고 말이다. 그때부터 난 내 스타일대로가 아닌 교장선생님이 붙여준 단정함의 가면을 쓰고 학교에 갔다. 불편하고 마음에 안 들었지만 늘 단상에 나를 불러 세웠던 것을 의식하며 단정한 복장을 고수했었다. 그렇게 초등학교 내내 단정함이라는 족쇄를 차고 누군가가 정해준 역할을 수행해야 했다.

'페르소나'를 나와 동일시하게 되면 자기 자신을 돌보지 못하고 자신의 존재를 잊어버린다. 이것은 정체성과도 연결될 수 있을 것이다. 하지만 '페르소나'를 무시하며 살 수는 없는 노릇이다. 아니 어쩌면 꼭 필요한 것일 수도 있겠다. 역할을 맡은 사회구성원으로서 기대나 요구되는 것들의 역할수행능력은 중요하기 때문이다. 하지만 이것은 사회생활에 필요한 수단으로서 '자기'와 구별되어야 할 것이다. 심리학자 피터 버크는 정체성이라는 것은 역할에 따른 하위적 정체성들이 통합된 것으로 이것을 '멀티 아이덴티티'라 하였다. 그러니까 우리가 수행하고 있는 역할들이 그가 말하는 하위 정체성들인 것이다. 피터 버크는 정체성이 하나의 개념으로 정의되는 것은 무리가 있다고 보았다. 그렇다면 인간은 결국 다양한 역할의 집합인 것인가? 우리의 정체성은 하나인가? 여러 개인가? 또 가면은 거짓된 것이니 벗어야 하는가? 아니면 상황에 따라 써야 하는가?

자기라는 본질적 특성을 알고 저마다의 고유한 사색이 필요하지 않을까?

오스카 와일드는 이런 말을 했다.

"너 자신을 연기해라. 다른 배역은 이미 다 찼다."

더 이상 다른 배역을 흉내내는 것이 아닌

이제는 나에게 주어진 역할로 '진짜 나'를 연기하는 것이다.

그리고 마지막 커튼콜에는 역할연기를 멋지게 해낸

나에게 아낌없는 박수를 보내자.

'고독'이라는 이름의 외딴길

잠이 깼다. 시계를 보니 새벽 3시였다. 거실 창문을 활짝 열었다. 순간 눈앞에 펼쳐진 아름다운 광경에 넋을 잃었다. 깜깜한 밤, 까마득한 어둠을 달이 홀로 떠 찬연히 비추고 있는 것이 아닌가. 짧은 어휘력으로는 그 경이로운 분위기를 표현할 방법이 없었다. 모두가 잠들어 있는 사이 달은 그렇게 고요하게 찬란히 칠흑 같은 어둠 속에서 홀로 빛나고 있었다. 어둠의 깊이만큼 달빛의 광채도 깊었다. 영롱하고 고고한 달빛에 얼마나 붙들려 있었는지 모르겠다. 고독한 달과 고독한 나의 뜻밖의 밀월은 황홀했다. 세상에서 가장 아름다운 고독을 보았다. 묵묵히 홀로 세상을 빛내는 달빛의 숭고한 고독을 닮고 싶었다.

실존철학자들의 표현에 따르자면 인간도 실존적으로 홀로 있는 존재라 했다. 홀로 세상에 던져져 자발적이든 그렇지 않든 홀로 있는 경험과 함께 살아가야 하고 홀로 있는 경험 가운데 성장한다고 말한다. 그래서 그들은 인간은 본질적으로 고독한 존재라고 한다. 고독은 무수한 의미와 다양성을 담고 있기 때문에 그리 간단히 정의될 것은 아니라고 본다. 또 외로움과 고독의 모호한 차이의 경계를 왔다 갔다 하며 이러한 감정을 원했다가 거부했다가를 반복하기도 한다. 성향에 따라 홀로 있음을 즐기는 이가 있는가 하면 못 견디는 이도 있다. 사회적 존재인 나와 실존적 존재인 내가 느끼는 고독감은 복잡하고 모순되면서도 참 다채롭다. 분명 사람들에 에워싸여 있음에도 홀로 외딴섬에 고립되어 있는 듯한 단절감이 느껴지기도 하고 아무도 없는 곳에 혼자 있어도 또 다른 에너지들과 접촉되는 연결감을 느끼기도 한다.

한 번씩 불현듯 세상엔 나 혼자라는 고독감이 엄습할 때가 있다. 오로지 홀로 감내해야만 한다. 평생 홀로 고독하고 고독을 예찬했던 고독한 철학자가 있으니 그는 쇼펜하우어다. 일찍부터 고독과 친숙해지거나 고독과 벗하는 법을 알게 된 사람은 금광을 가진 것이나 다름없다고 그는 말했다. 그는 고독에서 벗어나기 위해 모임에 나가고 술을 마시고 잡담을 나누는 것들은 경계해야 한다고 했다. 고독을 다스리고 누릴 줄 아는 능력은 우리 삶을 성장시켜준다고 한다. 인간은 실존적 고독에서 피할 수 없기 때문에 우리가 할 수 있는 일은 고독을 대하는 태도를 바꾸는 것이라고 그는 말했다. 그는『의지와 표상으로서의 세계』에서 이런 말을 했다. '고독이 두렵다고 해서 지나치게 외적인 것에 관심을 기울이지 말자. 고독은 두려운 것이 아니며 혼자 있을 때야말로 마음의 평화를 찾을 수 있다. 이는 혼자일 때만 온전한 자신이 될 수 있어서이다.'라고 말하며 다른 사람의 의견에 대한 자신의 민감도를 최소한으로 끌어내려야 한다고 강조했다. 비단 쇼펜하워만은 아닐 것이다. 세계적인 거장들을 보면 대부분 홀로 자신과 사투를 벌이는 고독한 존재들이었다. 그들을 통해 고독은 오롯이 자신에게 집중하고 창조적 능력을 발휘할 수 있는 최고의 기회임을 깨닫게 된다.

텅 비어 있는 느낌과 수십 년을 싸웠다. 그것을 채우기 위해 물질을 욕망하고 관계에 집착하기도 했으며 결혼도 하고 교회 가서 열심히 기도했다. 하지만 그 무엇도 채워주지 못했다. 북적대는 사람들 속에서 사람한테 치이고 사람 때문에 아프고 사람으로 정신머리가 털려나갔다. 열심히 살긴 했는데 빈껍데기로 산 느낌이다. 텅 빈 느낌의 무망감에서 얼마나 허우적거렸는지 모르겠다. 그렇게 지금까지 내가 나로 온전히 살지 못함에 대한 저항과 내적 충돌로 갈등하며 살았다. 지나고 보니 이것은 결국 나다워지기 위한 몸부림이었다. 스피노자는 이것을 '자기보존'이라 하였다. '본래적 자기 안에 머무르려 하는 것'은 인간의 자연적 본성이라고 그는 말한다. 이것으로 인간은 노예에서 벗어나고 타자에게 휘둘리지 않으며 자유로워질 수 있다고 하였다. 그러면서 그는 사유의 필요성을 강조한다.

그렇게 나는 본래의 나를 찾기 위해 관계를 정리하고 자발적 홀로 있음을 택했다. '이것을 고독이라 하는가?' 홀로 있을 때 뭔가 충만한 느낌이 들었다. 그래서 나에게 텅 비어 있는 느낌과 고독은 정반대의 개념이고 누가 뭐라던 나에게 있어 고독은 홀로 떠 있는 빛으로 충만한 둥근달과 같다. 분명 혼자 있지만 혼자가 아니라는 느낌, 무언가로 충만한 느낌은 또 다른 에너지들과 연결되어 그로부터 신세지며 살고 있다는 것을 깨닫게 한다. 그래서 고독은 외롭지 않다.

요즘 나는 섬에 자주 간다. 그곳은 '나 자신'이라는 고립된 외딴섬이다.

어느 누구의 간섭도 없고 침범받지 않는 그곳에서 내 안의 은밀함을 알아가는 재미가 쏠쏠하다. 아이러니하게도 무리지어 있을 때 느껴보지 못한 충족감을 홀로 있을 때 느끼며 고독의 맛에 조금씩 매료되기 시작했다. 그렇게 홀로 나를 만나고 나를 느끼고 나를 알아가고 있다. 함께 있으니 외롭고 홀로 있으니 외롭지 않은 모순과 함께 말이다. 홀로 세상에 던져진 나는 고독의 길을 걸으며 진정한 나 자신에게로 가는 방법을 깨닫고 싶다. 충만하게 고요하고 오롯이 홀로 충족감을 아는 사람은 타인에게 자신의 인생을 맡기지 않는다. 아름답게 독립적이다. 내직으로 충만한 독립된 존재는 외적인 자극에 일희일비하지 않으며 내면은 고요하다.

헤르만헤세의 『싯다르타』를 보면 싯다르타는 해탈의 경지에 이른 고타마의 가르침을 거부하며 이렇게 말한다. "어느 누구에게도 깨달음은 가르침을 통해 주어지는 것이 아닙니다. 깨달은 시간에 무슨 일이 일어났는가는 말이나 가르침으로 전달할 수도, 말할 수도 없습니다."라고 말하며 함께 고행을 한 사문들을 떠나 홀로 걷는다. 외부에서 해답을 찾지 않고 나 자신에게 배울 것이라고 결심하면서 말이다. 그렇게 싯다르타는 고독하게 고독으로 침잠했다. 폴 틸리히는 『존재의 용기』에서 이런 말을 했다. '인간은 홀로 있음의 고통을 표현하기 위해 '외로움'이라는 단어를,

홀로 있음의 영광을 표현하기 위해 '고독'이라는 용어를 만들었다.' 참 멋진 표현이다. 고독으로 침잠해 본래적 내 안에 머무르며 나만의 숭고한 신전에서 낭만적 은둔자로 고독이라는 외딴길을 걸어갈 것이다. 홀로 어둠을 밝히는 저 고독한 달처럼.

날라리 심리치료사의 마음건강식단 레시피

나는 고독한 사람인가? 외로운 사람인가?

고독은 내 삶에 어떤 의미인가?

에필로그

나를 치유하는 나

인생이라는 여행길을 반쯤 걸어왔습니다. 그동안 어떤 존재로 살아왔는지 또 앞으로 어떤 존재로 살아갈 것인지에 대한 묵직한 질문을 스스로 던지게 되었습니다. 부끄럽지만 내가 걸어왔던 대부분의 여행길은 타인의 시선을 더 많이 의식하고 남 탓을 많이 하고 '척'하며 사는 그런 삶이었습니다. 여행길에 잠시 짐을 내려놓고 나만의 은신처에 머물며 내가 걸어왔던 길을 뒤돌아보니 문득 그런 생각이 들었습니다. '진정한 도반이 없고 스승이 없다고 한탄만 할 것이 아니구나.' 내가 나 자신의 스승이 되어 나를 이끌어갈 책임이 있다는 것을 느끼게 되었습니다. 내 의지와 상관없이 이 땅에 왔지만 주어진 인생을 살아내는 것은 오로지 나 자신이기 때문입니다.

어느 날 아무런 예고도 없이 불현듯 결정적 시기가 찾아왔습니다. 그것은 이대로 가던 길을 계속 가면 안 되겠다는 강력한 통찰이었습니다. 그것이 내 인생의 세 번째 터닝 포인트가 되었습니다. 우리는 이 땅에 와서 내가 나를 치유하고 감당해야 할 책임이 있습니다. 살아오면서 무수히 겪었던 불행한 사건과 수많은 상처가 비록 내 잘못은 아니었다 할지라도 그 상처를 치유하고 보듬어 주어야 할 사람은 바로 '나 자신'이라는 사실입니다. 그 의무를 저버리게 된다면 우리가 맺는 모든 관계에서 무의식적으로 상처를 줄 수 있고 내가 마주하는 모든 대상과 불편할 수 있습니다.

밖으로 향하던 에너지가 조금씩 나를 향하게 되었습니다. 내 안을 들여다보니 그곳에는 여전히 미숙한 어린 꼬맹이가 자리하고 있었습니다. 그 꼬맹이는 무서워서 두려움에 떨기도 하고, 사람들이 자기를 예뻐해

주기를 바라기도 하고, 먹고 싶은 것을 못 참기도 하며, 잘난 척하고 거짓말도 잘하는 그런 아이었습니다. 지금까지 이 어린아이를 성숙한 어른으로 만들지 못한 건 우리 부모님이 아니라 나 자신이었습니다. 언제까지 남 탓만 하고 책임전가를 하며 살 수는 없습니다. 인생을 이쯤 걸어왔으면 내 안의 어린 나를 성장시키는 건 나 자신이어야 하고 그 꼬맹이를 위로하고 보듬어주고 격려해주는 것도 내가 해야 합니다. 친구가, 남편이, 연인이, 가족이 해주기를 바란다면 모두에게 불행일 수 있습니다. 내가 나를 성장시켜야 하고 오롯이 그 책임도 내가 감당할 때, 좀 더 성숙한 인격체로 상황에 맞는 지혜로운 말과 행동을 하게 될 것입니다. 그러다 보면 저절로 세상에 유익하게 움직여지게 되겠지요.

그래서 내가 나 자신의 스승이 되기로 했습니다. 이제는 더 이상 스승을 외부에서 찾지 않기로 했습니다. 밖으로 향하던 빛을 스스로에게 비춘다는 '회광반조(回光返照)'라는 말이 있습니다. 자기 마음속의 영성을 직시하는 것을 의미합니다. 진정한 나는 내 안에서 찾아야 한다는 사실을 깨달았습니다. 그리고 나를 치유하는 최고의 치유자는 바로 나 자신이라는 것도 알았습니다. 내가 나의 최고의 치유자가 되어 마땅히 받아야 할 것을 못 받은 것에 대해, 온전히 누려야 할 것을 못 누린 것에 대한 슬픔을 충분히 애도할 것입니다. 그리고 지금까지 잘 버티고 견디며 살아온 나를 격려하고 축복할 것입니다. 나와 마주하고 접촉하는 매 현상들에 대한 의미를 끊임없이 질문하고 사유할 것입니다.

그렇게 매 순간 살아 있고 매 순간 깨달음의 길 위에서 매 찰나가 터닝포인트가 되는 '하루살이'를 하며 우아하게, 고독하게, 행복하게 삶을 여행할 것입니다.